狐仙鬼怪之灵异世界

万卷出版公司

青梅

白下程生性磊落，不为畛畦。一日自外归，缓其束带，觉带沉沉，若有物堕，视之，无所见。宛转间，有女子从衣后出，掠发微笑，丽甚。程疑其鬼，女曰：『妾非鬼，狐也。』程曰：『倘得佳人，鬼且不惧，而况于狐！』遂与狎。二年生一女，小字青梅。每谓程：『勿娶，我且为君生子。』程遂不娶，亲友共诮姗之。程志夺，聘湖东王氏。狐闻之怒，就女乳之，委于程曰：『此汝家赔钱货，生之杀之俱由尔，我何故代人作乳媪乎！』出门径去。

青梅长而慧，貌韶秀，酷肖其母。既而程病卒，王再醮去。青梅寄食于堂叔。叔荡无行，欲鬻以自肥。适有王进士者，方候铨①于家，闻其慧，购以重金，使从女阿喜服役。喜年十四，容华绝代，见梅忻悦，与同寝处。梅亦善候伺，能以目听，以眉语，由是一家俱怜爱之。

邑有张生字介受，家屡贫，无恒产，税居王第。性纯孝，制行不苟，又笃于学。青梅偶至其家，见生据石啖糠粥，入室与生母絮语，见案上具豚蹄焉。时翁卧病，生入，抱父而私，便液污衣，翁觉之而自恨。生掩其迹，急出自濯，恐翁知。梅以此大异之。归述所见，谓女曰：『吾家客非常人也。娘子不欲得良匹则已，欲得良匹，张生其人也。』女恐父厌其贫。梅曰：『不然，是在娘子。如以为可，妾潜告使求伐焉。夫人必召商之，但应之曰「诺」也，则谐矣。』女恐终贫为天下笑。梅曰：『妾自谓能相天下士，必无谬误。』明日往告张媪，媪大惊，谓其言不祥。梅曰：『小姐闻公子而贤之也，妾故窥其意以为言。冰人往，我两人袒焉，计合允遂。纵其否也，于公子何辱乎？』媪曰：『诺。』乃托侯氏卖花者往。夫人闻之而笑以告王，王亦大笑。唤女至，述侯氏意。女未及答，青梅亟赞其贤，决

其必贵。夫人又问曰：『此汝百年事。如能啜糠核也，即为汝允之。』女俯首久之，顾壁而答曰：『贫富命也。倘命之厚则贫无几时，而不贫者无穷期矣。或命之薄，彼锦绣王孙②，其无立锥③者岂少哉？是在父母。』初，王之商女也，将以博笑，及闻女言，心不乐曰：『汝欲适张氏耶？』女不答；再问，再不答。怒曰：『贱骨子不长进！欲携筐作乞人妇，宁不羞死！』女涨红气结，含涕引去，媒亦遂奔。

青梅见不谐，欲自谋。过数日，夜诣生，生方读，惊问所来，词涉吞吐。生正色却之，梅泣曰：『妾良家子，非淫奔者，徒以君贤，故愿自托。』生曰：『卿爱我，谓我贤也。昏夜之行，自好者不为，而谓贤者为之乎？夫始乱之而终成之，君子犹曰不可，况不能成，彼此何以自处？』梅曰：『万一能成，肯赐援拾否？』生曰：『得人如卿又何求？但有不可如何者三，故不敢轻诺耳。』曰：『若何？』曰：『不能自主，则不可如何；即能自主，我父母不乐，则不可如何；即乐之，而卿之身直必重，我贫不能措，则尤不可如何。卿速退，瓜李之嫌可畏也！』梅临去，又嘱曰：『倘君有意，乞共图之。』生诺。

梅归，女诘所往，遂跪而自投。女怒其淫奔，将施扑责。梅泣白无他，因以实告。女叹曰：『不苟合，礼也；必告父母，孝也；不轻然诺，信也；有此三德，天必祐之，其无患贫也已。』既而曰：『子将若何？』曰：『嫁之。』女笑曰：『痴婢能自主乎？』曰：『不济，则以死继之。』女曰：『我必如所愿。』梅稽首而拜之。又数日谓女曰：『曩而言之戏乎，抑果欲慈悲耶？果尔，尚有微情，并祈垂怜焉。』女问之，答曰：『张生不能致聘，婢又无力可以自赎，必取盈焉，嫁我犹不嫁也。』女沉吟曰：『是非我之能为力矣。我曰嫁且恐不得当，而曰必无取直焉，是大人所必不允，亦余所不敢言也。』梅闻之泣下，但求怜拯，女思良久，曰：『无已，我私蓄数金，当倾囊相助。』梅拜谢，

因潜告张。张母大喜，多方乞贷，共得如干数，藏待好音。会王授曲沃宰，喜乘间告母曰：『青梅年已长，今将莅任，不如遣之。』夫人固以青梅太黠，恐导女不义，每欲嫁之，而恐女不乐也，闻女言甚喜。逾两日，有佣保妇白张氏意，王笑曰：『是只合偶婢子，前此何妄也！然鬻媵高门，价当倍于曩昔。』女急进曰：『青梅待我久，卖为妾，良不忍。』王乃传语张氏，仍以原金署券，以青梅嫔于生。

入门孝翁姑，曲折承顺，尤过于生，而操作更勤，餍糠秕不为苦。由是家中无不爱重青梅。梅又以刺绣作业，售且速，贾人候门以购，惟恐弗得。得资稍可御穷。且劝勿以内顾误读，经纪皆自任之。因主人之任，往别阿喜。喜见之，泣曰：『子得所矣，我固不如。』梅曰：『是何人之赐，而敢忘之？然以为不如婢子，是促婢子寿。』遂泣相别。

王如晋半载，夫人卒，停柩寺中。又二年，王坐行赇免，罚赎万计，渐贫不能自给，从者逃散。是时疫大作，王染疾卒。惟一媪从女，未几媪亦卒，女伶仃益苦。有邻媪劝之嫁，女曰：『能为我葬双亲者，从之。』媪怜之，赠以斗米而去。半月复来，曰：『我为娘子极力，事难合也：贫者不能为葬，富者又嫌子为陵夷嗣。奈何！尚有一策，但恐不能从也。』女曰：『若何？』曰：『此间有李郎欲觅侧室[4]，倘见姿容，即遣厚葬，必当不惜。』女大哭曰：『我缙绅裔而为人妾耶！』媪无言遂去，日仅一餐，延息待贾，居半年益不可支。一日媪至，女泣告曰：『困顿如此，每欲自尽，犹恋恋而苟活者，徒以有两柩在。己将转沟壑，谁收亲骨者？故思不如依汝言也。』媪即导李来，微窥女，大悦。即出金营葬，双具举。已，乃载女去，入参冢室。冢室故悍妒，李初未敢言妾，但托买婢。及见女，暴怒，杖逐而出，不听入门。

女披发零涕，进退无所。有老尼过，邀与同居，喜从之。至庵中拜求祝发⑤，尼不可，曰：『我视娘子非久卧风尘者，庵中陶器脱粟粗可自支，姑寄此以待之。时至，子自去。』居无何，市中无赖窥女美，每打门游语为戏，尼不能止。女号泣欲自尽。尼往求吏部某公揭示严禁，恶少始稍敛迹。后有夜穴寺壁者，尼惊呼始去。因复告吏部，捉得首恶者，送郡笞责，始渐安。又年余有贵公子过，见女惊绝，强尼通殷勤，又以厚赂啖尼。尼婉语之曰：『渠簪缨胄，不甘媵御。公子且归，迟迟当有以报命。』既去，女欲乳药死。夜梦父来，疾道曰：『我不从汝志，致汝至此，悔之已晚。但缓须臾勿死，夙愿尚可复酬。』女异之。天明盥已，尼望之而惊曰：『睹子面浊气尽消，横逆不足忧也。福且至，勿忘老身。』语未既闻扣户声。女失色，意必贵家奴。尼启扉果然。骤问所谋，尼笑语承迎，但请缓以三日。奴述主言，事若无成，俾尼自复命。尼唯唯敬应，谢令去。女大悲，又欲自尽，尼止之。女虑三日复来，无词可应。尼曰：『有老身在，斩杀自当之。』

次日方晡，暴雨翻盆，忽闻数人挝户大哗。女意变作，惊怯不知所为。尼冒雨启关，见有肩舆停驻，女奴数辈捧一丽人出，仆从煊赫，冠盖甚都。惊问之，云：『是司李内眷，暂避风雨。』导入殿中，移榻肃坐。家人妇群奔禅房，各寻休憩。入室见女，艳之，走告夫人。无何雨息，夫人起，请窥禅室。尼引入，睹女艳绝，凝眸不瞬，女亦顾盼良久。夫人非他，盖青梅也。各失声哭，因道行踪，盖张翁病故，生起复后，连捷授司李。生先奉母之任，后移诸眷口。女叹曰：『今日相看，何啻霄壤！』梅笑曰：『幸娘子挫折无偶，天正欲我两人完聚耳。倘非阻雨，何以有此邂逅？此中具有鬼神，非人力也。』乃取珠冠锦衣，催女易妆。女俯首徘徊，尼从中赞劝。女虑同居其名不顺，梅曰：『昔日自有定

分，婢子敢忘大德！试思张郎，岂负义者？』强妆之，别尼而去。抵任，母子皆喜。女拜曰：『今无颜见母。』母笑慰之。因谋涓吉合卺，女曰：『庵中但有一丝生路，亦不肯从夫人至此。倘念旧好，得受一庐，可容蒲团足矣。』梅笑而不言。及期抱艳妆来，女左右不知所可。俄闻乐鼓大作，女亦无以自主。梅率婢媪强衣之，挽扶而出，见生朝服而拜，遂不觉盈盈而自拜也。梅曳入洞房，曰：『虚此位以待君久矣。』又顾生曰：『今夜得报恩，可好为之。』返身欲去。女捉其裾，梅笑曰：『勿留我，此不能相代也。』解指脱去。

青梅事女谨，莫敢当夕，而女终惭沮不自安。于是母命相呼以夫人。梅终执婢妾礼罔敢懈。三年张行取[6]入都，过庵，以五百金为尼寿，尼不受，强之，乃受二百金，起大士祠，建王夫人碑。后张仕至侍郎。程夫人举二子一女，王夫人四子一女。张上书陈情，俱封夫人。

异史氏曰：天生佳丽，固将以报名贤，而世俗之王公，乃留以赠纨[7]绔，此造物所必争也。而离离奇奇，致作合者无限经营，化工亦良苦矣。独是青夫人能识英雄于尘埃，誓嫁之志，期以必死，曾俨然而冠裳也者，顾弃德行而求膏粱，何智出婢子下哉！

注释

①候铨：到吏部听候选授官职。

②锦绣王孙：指贵族子弟。锦绣，织彩为锦，刺彩为绣，代指精美华丽的服饰。

③无立锥：贫无立锥之地，指非常贫穷。《汉书·食货志》：『富者田连阡陌，贫者无立锥之地。』

④侧室：小妾，妾室。古时称妻子为正室，称小妾为侧室。

⑤祝发：指削发为尼。祝，断。

⑥行取：明清时的选官制度。吏部可将政绩卓著的州县长官调入京城，转迁六科给事中或各道御史等官职。

⑦纨：用细绢做的裤子。后代称富贵人家的子弟。

罗刹海市

马骥字龙媒，贾人子，美丰姿，少倜傥，喜歌舞。辄从梨园子弟，以锦帕缠头，美如好女，因复有『俊人』之号。十四岁入郡庠，即知名。父衰老罢贾而归，谓生曰：『数卷书，饥不可煮，寒不可衣，吾儿可仍继父贾。』马由是稍稍权子母。从人浮海，为飘风引去，数昼夜至一都会。其人皆奇丑，见马至，以为妖，群哗而走。马初见其状，大惧，迨知国中之骇己也，遂反以此欺国人。遇饮食者则奔而往，人惊遁，则啜其余。久之入山村，其间形貌亦有似人者，然褴褛如丐。马息树下，村人不敢前，但遥望之。久之觉马非噬人者，始稍稍近就之。马笑与语，其言虽异，亦半可解。马遂自陈所自，村人喜，遍告邻里，客非能搏噬者。然奇丑者望望即去，终不敢前；其来者，口鼻位置，尚皆与中国同，共罗浆酒奉马，马问其相骇之故，答曰：『尝闻祖父言：西去二万六千里，有中国，其人民形象率诡异。但耳食[①]之，今始信。』问其何贫，曰：『我国所重，不在文章，而在形貌。其美之极者，为上卿；次任民社；下焉者，亦邀贵人宠，故得鼎烹以养妻子。若我辈初生时，父母皆以为不祥，往往置弃之，其不忍遽弃者，皆为宗嗣耳。』问：『此名何国？』曰：『大罗刹国。都城在北去三十里。』马请导往

一观。于是鸡鸣而兴，引与俱去。

天明，始达都。都以黑石为墙，色如墨，楼阁近百尺。然少瓦。覆以红石，拾其残块磨甲上，无异丹砂。时值朝退，朝中有冠盖出，村人指曰：『此相国也。』视之，双耳皆背生，鼻三孔，睫毛覆目如帘。又数骑出，曰：『此大夫也。』以次各指其官职，率狰狞怪异。然位渐卑，丑亦渐杀。无何，马归，街衢人望见之，噪奔跌蹶，如逢怪物。村人百口解说，市人始敢遥立。既归，国中咸知有异人，于是缙绅大夫，争欲一广见闻，遂令村人要马。每至一家，阍人辄阖②户，丈夫女子窃窃自门隙中窥语，终一日，无敢延见者。村人曰：『此间一执戟郎，曾为先王出使异国，所阅人多，或不以子为惧。』造郎门。郎果喜，揖为上客。视其貌，如八九十岁人。目睛突出，须卷如猬。曰：『仆少奉王命出使最多，独未至中华。今一百二十余岁，又得见上国人物，此不可不上闻于天子。然臣卧林下，十余年不践朝阶，早旦为君一行。』乃具饮馔，修主客礼。酒数行，出女乐十余人，更番歌舞。貌类夜叉，皆以自锦缠头，拖朱衣及地。扮唱不知何词，腔拍恢诡。主人顾而乐之。问：『中国亦有此乐乎？』曰：『有』。主人请拟其声，遂击桌为度一曲。主人喜曰：『异哉！声如凤鸣龙啸，从未曾闻。』翼日趋朝，荐诸国王。王忻然下诏，有二三大夫言其怪状，恐惊圣体，王乃止。郎出告马，深为扼腕。居久之，与主人饮而醉，把剑起舞，以煤涂面作张飞。主人以为美，曰：『请君以张飞见宰相，厚禄不难致。』马曰：『游戏犹可，何能易面目图荣显？』主人强之，马乃诺。主人设筵，邀当路者，令马绘面以待。客至，呼马出见客。客讶曰：『异哉！何前媸而今妍也！』遂与共饮，甚欢。马婆娑歌『弋阳曲』，一座无不倾倒。明日交章荐马，王喜，召以旌节。既见，问中国治安之道，马委曲上陈，大蒙嘉叹，赐宴离宫。酒酣，王曰：『闻卿善雅乐，可使寡人得而闻之乎？』马即起舞，亦效白锦缠头，作靡靡之音。王大悦，即日拜下大夫。时与私宴，恩宠殊异。久而官僚知其面目之假，所至，辄见人耳语，不甚与款洽。马至是孤立，然不自安。遂上疏乞休致，不许；又告休沐，乃给三月假。

于是乘传载金宝，复归村。村人膝行以迎。马以金资分给旧所与交好者，欢声雷动。村人曰：『吾侪小人受大夫赐，明日赴海市，当求珍玩以报』，问：『海市何地？』曰：『海中市，四海鲛人，集货珠宝。四方十二国，均来贸易。中多神人游戏。云霞障天，波涛间作。贵人自重，不敢犯险阻，皆以金帛付我辈代购异珍。今其期不远矣。』问所自知，曰：『每见海上朱鸟往来，七日即市。』马问行期，欲同游瞩，村人劝使自贵。马曰：『我顾沧海客，何畏风涛？』未几，果有踵门寄资者，遂与装资入船。船容数十人，平底高栏。十人摇橹，激水如箭。凡三日，遥见水云幌漾之中，楼阁层叠，贸迁之舟，纷集如蚁。少时抵城下，视墙上砖皆长与人等，敌楼高接云汉。维舟而入，见市上所陈，奇珍异宝，光明射目，多人世所无。

一少年乘骏马来，市人尽奔避，云是『东洋三世子③。』世子过，目生曰：『此非异域人。』即有前马者来诘乡籍。生揖道左，具展邦族。世子喜曰：『既蒙辱临，缘分不浅！』于是授生骑，请与连辔。乃出西城，方至岛岸，所骑嘶跃入水。生大骇失声。则见海水中分，屹如壁立。俄睹宫殿，玳瑁为梁，鲂鳞作瓦，四壁晶明，鉴影炫目。下马揖入。仰视龙君在上，世子启奏：『臣游市廛，得中华贤士，引见大王。』生前拜舞。龙君乃言：『先生文学士，必能衙官屈、宋。欲烦椽笔赋「海市」，幸无吝珠玉。』生稽首受命。授以水晶之砚，龙鬣之毫，纸光似雪，墨气如兰。生立成千余言，献殿上。龙君击节曰：『先

生雄才，有光水国矣！』遂集诸龙族，宴集采霞宫。酒炙数行，龙君执爵向客曰：『寡人所怜女，未有良匹，愿累先生。先生倘有意乎？』生离席愧荷，唯唯而已。龙君顾左右语。无何，宫女数人扶女郎出，佩环声动，鼓吹暴作，拜竟睨之，实仙人也。女拜已而去。少时酒罢，双鬟挑画灯，导生入副宫，女浓妆坐伺。珊瑚之床饰以八宝[4]，帐外流苏[5]缀明珠如斗大，衾褥皆香软。天方曙，雏女妖鬟，奔入满侧。生起，趋出朝谢。拜为驸马都尉。以其赋驰传诸海。诸海龙君，皆专员来贺，争折简招驸马饮。生衣绣裳，坐青虬，呵殿而出。武士数十骑，背雕弧，荷白，晃耀填拥。马上弹筝，车中奏玉。三日间，遍历诸海。由是『龙媒』之名，噪于四海。宫中有玉树一株，围可合抱，本莹澈如白琉璃，中有心淡黄色，稍细于臂，叶类碧玉，厚一钱许，细碎有浓阴。常与女啸咏其下。花开满树，状类薝蔔。每一瓣落，锵然作响。拾视之，如赤瑙雕镂，光明可爱。时有异鸟来鸣，毛金碧色，尾长于身，声等哀玉，恻人肺腑。生闻之，辄念故土。因谓女曰：『亡出三年，恩慈间阻，每一念及，涕膺汗背。卿能从我归乎？』女曰：『仙尘路隔，不能相依。妾亦不忍以鱼水之爱，夺膝下之欢。容徐谋之。』生闻之，涕不自禁。女亦叹曰：『此势之不能两全者也！』明日，生自外归。龙王曰：『闻都尉有故土之思，诘旦趣装，可乎？』生谢曰：『逆旅孤臣，过蒙优宠，衔报之思，结于肺腑。容暂归省，当图复聚耳。』入暮，女置酒话别。生订后会，女曰：『情缘尽矣。』生大悲，女曰：『归养双亲，见君之孝，人生聚散，百年犹旦暮耳，何用作儿女哀泣？此后妾为君贞，君为妾义，两地同心，即伉俪也，何必旦夕相守，乃谓之偕老乎？若渝此盟，婚姻不吉。倘虑中馈乏人，纳婢可耳。更有一事相嘱：自奉衣裳[6]，似有佳朕，烦君命名。』生曰：『女耶，可名龙宫，男耶，可名福海。』女乞一物为信，生在罗刹国所得赤玉莲花一对，出以授女。女曰：『三年后四月八日，君当泛舟南岛，还君体胤。』女以鱼革为囊，实以珠宝，授生曰：『珍藏之，数世吃着不尽也。』天微明，王设祖帐，馈遗甚丰。生拜别出宫，女乘白羊车，送诸海涘。生上岸下马，女致声珍重，回车便去，少顷便远，海水复合，不可复见。生乃归。

自浮海去，家人无不谓其已死；及至家人皆诧异。幸翁媪无恙，独妻已去帷。乃悟龙女『守义』之言，盖已先知也。父欲为生再婚，生不可，纳婢焉。谨志三年之期，泛舟岛中。见两儿坐在水面，拍流嬉笑，不动亦不沉。近引之，儿哑然捉生臂，跃入怀中。其一大啼，似嗔生之不援已者。亦引上之。细审之，一男一女，貌皆俊秀。额上花冠缀玉，则赤莲在焉。背有锦囊，拆视，得书云：『翁姑俱无恙。忽忽三年，红尘永隔；盈盈一水，青鸟难通，结想为梦，引领成劳。茫茫蓝蔚，有恨如何也！顾念奔月姮娥，且虚桂府；投梭织女，犹怅银河。我何人斯，而能永好？兴思及此，辄复破涕为笑。别后两月，竟得孪生。今已啁啾[7]怀抱，颇解言笑；觅枣抓梨，不母可活。敬以还君。所贻赤玉莲花，饰冠作信。膝头抱儿时，犹妾在左右也。闻君克践旧盟，意愿斯慰。妾此生不二，之死靡他。奁中珍物，不蓄兰膏；镜里新妆，久辞粉黛。君似征人，妾作荡妇，即置而不御，亦何得谓非琴瑟[8]哉？独计翁姑已得抱孙，曾未一觌新妇，揆之情理，亦属缺然。岁后阿姑窀穸[9]，当往临穴，一尽妇职。过此以往，则「龙宫」无恙，不少把握之期；「福海」长生，或有往还之路。伏惟珍重，不尽欲言。』生反覆省书揽涕。两儿抱颈曰：『归休乎！』生益恸，抚之曰：『儿知家在何许？』儿啼，呕哑言归。生视海水茫茫，极天无际，雾鬟人渺，烟波路穷。抱儿返棹，怅然遂归。

生知母寿不永，周身物悉为预具，墓中植松槚百余。逾岁，媪果亡。灵舆至殡宫，有女子缞绖临穴。

众惊顾，忽而风激雷轰，继以急雨，转瞬已失所在。松柏新植多枯，至是皆活。福海稍长，辄思其母，忽自投入海，数日始还。龙宫以女子不得往，时掩户泣。一日昼暝，龙女急入，止之曰：『儿自成家，哭泣何为？』乃赐八尺珊瑚一株，龙脑香[10]一帖，明珠百粒，八宝嵌金合一双，为嫁资。生闻之突入，执手啜泣。俄顷，迅雷破屋，女已无矣。

异史氏曰：花面逢迎，世情如鬼。嗜痂之癖，举世一辙。『小惭小好，大惭大好』。若公然带须眉以游都市，其不骇而走，几希矣！彼陵阳痴子，将抱连城玉向何处哭也？呜呼！显荣富贵，当于蜃楼海市中求之耳！

注释

①耳食：比喻不加调查就轻信传闻。《史记·六国年表序》：『学者牵于所闻，见秦在帝位日浅，不察终始，因举而笑之，不敢道。此与以耳食无异。』

②阖：关闭。

③世子：帝王或诸侯的法定继承人的封号。

④八宝：指金银、珍珠、玛瑙等各种珠宝。

⑤流苏：用彩丝或鸟羽做成的垂缨。

⑥奉衣裳：指妻子侍奉丈夫穿衣。衣，上身穿的衣服。裳，下身穿的衣服。《诗·齐风·东方未明》：『东方未明，颠倒衣裳。』

⑦啁啾：小鸟的叫声。此处指幼儿学话的声音。

⑧琴瑟：喻指夫妻。《诗·周南·关雎》：『窈窕淑女，琴瑟友之。』

⑨窀穸：墓穴。此处指下葬。

⑩龙脑香：即由龙脑树所提炼的香料。

促织

宣德间，宫中尚促织之戏，岁征民间。此物故非西产。有华阴令，欲媚上官，以一头进，试使斗而才，因责常供。令以责之里正[1]。

市中游侠儿，得佳者笼养之，昂其直，居为奇货。里胥猾黠，假此科敛丁口，每责一头，辄倾数家之产。

邑有成名者，操童子业，久不售。为人迂讷[2]，遂为猾胥报充里正役，百计营谋不能脱。不终岁，薄产累尽。会征促织，成不敢敛户口，而又无所赔偿，忧闷欲死。妻曰：『死何益？不如自行搜觅，冀有万一之得。』成然之。早出暮归，提竹筒铜丝笼，于败堵丛草处探石发穴，靡计不施，迄无济。即捕三两头，又劣弱不中于款。宰严限追比，旬余，杖至百，两股间脓血流离，并虫不能行捉矣。转侧床头，惟思自尽。时村中来一驼背巫，能以神卜。成妻具资诣问，见红女白婆，填塞门户。入其室，则密室垂帘，帘外设香几。问者爇香于鼎，再拜。巫从旁望空代祝，唇吻翕辟，不知何词。各各竦立以听。少间，帘内掷一纸出，即道人意中事，无毫发爽。成妻纳钱案上，焚香以拜。食顷，帘动，片纸抛落。拾视之，非字而画，中绘殿阁类兰若，后小山下怪石乱卧，针针丛棘，青麻头[3]伏焉；旁一蟆，

若将跳舞。展玩不可晓。然睹促织，隐中胸怀，折藏之，归以示成。成反复自念：『得无教我猎虫所耶？』细瞻景状，与村东大佛阁真逼似。乃强起扶杖，执图诣寺后，有古陵蔚起。循陵而走，见蹲石鳞鳞，俨然类画。遂于蒿莱中侧听徐行，似寻针芥④，寻之多时，绝无踪响。冥搜未已，一癞头蟆猝然跃去。成益愕，急逐之。蟆入草间，蹑迹披求，见有虫伏棘根，遽扑之，入石穴中。掭以尖草不出，以筒水灌之始出。状极俊健，逐而得之。审视：巨身修尾，青项金翅。大喜归，举家庆贺。于是上于盆而养之，蟹白栗黄，备极护爱。留待限期，以塞官责。

成之子窃发盆视之，虫径跃去；及扑入手，已股落腹裂，斯须就毙。儿惧，啼告母。母闻之，面色灰死，大骂曰：『业根，死期至矣！翁归，自与汝复算耳！』未几成入，闻妻言，如被冰雪。怒索儿，儿已投入井中。因而化怒为悲，抢呼欲绝。夫妻向隅⑤，茅舍无烟，相对默然，不复聊赖。

日将暮，取儿藁葬，近抚之，气息然。喜置榻上，半夜复苏，夫妻心稍慰。但蟋蟀笼虚，顾之则气断声吞，亦不敢复究儿。自昏达曙，目不交睫。东曦既驾，僵卧长愁。忽闻门外虫鸣，惊起觇视，虫宛然尚在，喜而捕之。一鸣辄跃去，行且速。覆之以掌，虚若无物；手裁举，则又超而跃。急趁之，折过墙隅，迷其所往。徘徊四顾，见虫伏壁上。审谛之，短小，黑赤色，顿非前物。成以其小，劣之；惟彷徨瞻顾，寻所逐者。壁上小虫。忽跃落襟袖间，视之，形若土狗，梅花翅，方首长胫，意似良。喜而收之。将献公堂，惴惴恐不当意，思试之斗以觇之。

村中少年好事者，驯养一虫，自名『蟹壳青』，日与子弟角，无不胜。欲居之以为利，而高其直，亦无售者。径造庐访成。视成所蓄，掩口胡卢而笑。因出己虫，纳比笼中。成视之，庞然修伟，自

增惭怍，不敢与较。少年固强之。顾念：蓄劣物终无所用，不如拚博一笑。因合纳斗盆。小虫伏不动，蠢若木鸡。少年又大笑。试以猪鬣毛撩拨虫须，仍不动。少年又笑。屡撩之，虫暴怒，直奔，遂相腾击，振奋作声。俄见小虫跃起，张尾伸须，直龁敌领。少年大骇，解令休止。虫翘然矜鸣，似报主知。成大喜。方共瞻玩，一鸡瞥来，径进一啄。成骇立愕呼。幸啄不中，虫跃去尺有咫。鸡健进，逐逼之，虫已在爪下矣。成仓猝莫知所救，顿足失色。旋见鸡伸颈摆扑；临视，则虫集冠上，力叮不释。成益惊喜，掇置笼中。

翼日进宰。宰见其小，怒诃成。成述其异，宰不信。试与他虫斗，虫尽靡；又试之鸡，果如成言。乃赏成，献诸抚军。抚军大悦，以金笼进上，细疏其能。既入宫中，举天下所贡蝴蝶、螳螂、油利挞、青丝额……一切异状，遍试之，无出其右者。每闻琴瑟之声，则应节而舞。益奇之。上大嘉悦，诏赐抚臣名马衣缎。抚军不忘所自，无何，宰以『卓异』闻。宰悦，免成役；又嘱学使，俾入邑庠。由此以善养虫名，屡得抚军殊宠。不数岁，田百顷，楼阁万椽，牛羊蹄躈各千计。一出门，裘马过世家焉。

异史氏曰：天子偶用一物，未必不过此已忘；而奉行者即为定例。加之官贪吏虐，民日贴妇卖儿，更无休止。故天子一跬步皆关民命，不可忽也。第成氏子以蠹贫，以促织富，裘马扬扬。当其为里正、受扑责时，岂意其至此哉！天将以酬长厚者⑥，遂使抚臣、令尹、并受促织恩荫。闻之：一人飞升，仙及鸡犬。信夫！

注释

①里正：明代规定相邻的一百一十户为一『里』，一里之长即里正，主要负责催征粮税及分派徭役。

②迂讷：拘谨不善于说话。

③青麻头：一种上等的蟋蟀。《帝京景物略》：『凡促织，青为上，黄次之，赤次之，黑又次之，白为下。』

④针芥：喻指极其细小的东西。

⑤向隅：悲伤。《说苑·贵德》：『今有满堂饮酒者，有一人独索然向隅而泣，则一堂之人皆不乐矣。』

⑥长厚者：忠厚善良的人。

狐谐

万福字子祥，博兴人，幼业儒，家贫而运蹇，年二十有奇，尚不能掇一芹。乡中浇俗，多报富户役，长厚者至碎破其家。万适报充役，惧而逃，如济南，税居逆旅。夜有奔女，颜色颇丽，万悦而私之，问姓氏。女自言：『实狐，然不为君祟。』万喜而不疑。女嘱勿与客共，遂日至，与共卧处。凡日用所需，无不仰给于狐。

居无何，二三相识，辄来造访，恒信宿不去。万厌之，而不忍拒，不得已以实告客。客愿一睹仙容，万白于狐。狐曰：『见我何为哉？我亦犹人耳。』闻其声，不见其人。客有孙得言者，善谑，固请见，且曰：『得听娇音，魂魄飞越。何吝容华，徒使人闻声相思？』狐笑曰：『贤孙子！欲为高曾母作行乐图耶？』众大笑。狐曰：『我为狐，请与客言狐典，颇愿闻之否？』众唯唯[①]。狐曰：『昔某村旅舍，故多狐，辄出祟行客。客知之，相戒不宿其舍，半年，门户萧索。主人大忧，甚讳言狐。忽有一远方客，自言异国人，望门休止。主人大悦，甫邀入门，即有途人阴告曰：「是家有狐。」

客惧，白主人，欲他徙。主人力白其妄，客乃止。入室方卧，见群鼠出于床下。客大骇，骤奔，急呼：「有狐！」主人惊问。客怒曰：「狐巢于此，何诳我言无？」主人又问：「所见何状？」客曰：「我今所见，细细幺麽②，不是狐儿，必当是狐孙子？」言罢，座客粲然③。孙曰：『既不赐见，我辈留勿去，阻尔阳台。』狐笑曰：『寄宿无妨。倘有小迕犯，幸勿介怀。』客恐其恶作剧，乃共散去，然数日必一来，索狐笑骂。狐谐甚，每一语即颠倒宾客，滑稽者不能屈也。群戏呼为『狐娘子』。

一日，置酒高会，万居主人位，孙与二客分左右坐，上设一榻待狐。狐辞不善酒。咸请坐谈，许之。酒数行，众掷骰为瓜蔓之令④。客值瓜色，会当饮，戏以觥移上座曰：『狐娘子太清醒，暂借一杯。』狐笑曰：『我故不饮，愿陈一典，以佐诸公饮。』孙掩耳不乐闻。客皆曰：『骂人者当罚。』狐笑曰：『我骂狐何如？』众曰：『可。』于是倾耳共听。狐曰：『昔一大臣，出使红毛国，着狐腋冠见国王。王见而异之，问：「何皮毛，温厚乃尔？」大臣以狐对。王曰：「此物生平未曾得闻。狐字字画何等？」使臣书空而奏曰：「右边是一大瓜，左边是一小犬。」』主客又复哄堂。二客，陈氏兄弟，一名所见，一名所闻。见孙大窘，乃曰：『雄狐何在，而纵雌狐流毒若此？』狐曰：『适一典谈犹未终，遂为群吠所乱，请终之。国王见使臣乘一骡，甚异之。使臣告曰：「此马之所生。」又大异之。使臣曰：「中国马生骡，骡生驹驹。」王细问其状。使臣曰：「马生骡，是臣所见，骡生驹驹，是臣所闻。」』举坐又大笑。众知不敌，乃相约：后有开谑端者，罚作东道主。

顷之酒酣，孙戏谓万曰：『一联请君属之。』万曰：『何如？』孙曰：『妓者出门访情人，来时「万福⑤」，去时「万福」。』众属思未对。狐笑曰：『我有之矣。』对曰：『龙王下诏求直谏，

鳖也「得言」，龟也「得言」。』众绝倒。孙大恚曰：『适与尔盟，何复犯戒？』狐笑曰：『罪诚在我，但非此不能确对耳。明日设席，以赎吾过。』相笑而罢。狐之诙谐。不可殚述。居数月，与万偕归。及博兴界，告万曰：『我此处有葭莩亲，往来久梗，不可不一讯。日且暮，与君同寄宿，待旦而行可也。』万询其处，指言『不远。』万疑前此故无村落，姑从之。二里许，果见一庄，生平所未历。狐往叩关，一苍头出应门。入则重门叠阁，宛然世家。俄见主人，有翁与媪，揖万而坐。列筵丰盛，待万以姻娅，遂宿焉。狐早谓曰：『我遽偕君归，恐骇闻听。君宜先往，我将继至。』万从其言，先至，预白于家人。未几狐至，与万言笑，人尽闻之，不见其人。逾年，万复事于济，狐又与俱。忽有数人来，狐从与语，备极寒暄。乃语万曰：『我本陕中人，与君有夙因，遂从许时。今我兄弟来，将从以归，不能周事[6]。』留之不可，竟去。

注释

①唯唯：象声词，应答之声。唯，地位或辈分低的人对地位或辈分高的人的应答。

②细细幺麽：微不足道的东西。细细，轻微。幺麽，微小。

③粲然：笑时露出牙齿。

④瓜蔓之令：一种酒令。

⑤万福：古时女子向客人行礼时多口称万福，是祝颂之词。

⑥周事：即终身相伴。

续黄粱

福建曾孝廉，捷南宫①时，与二三同年，遨游郭外。闻毗卢禅院寓一星者，往诣问卜。入揖而坐。星者见其意气扬扬，稍佞谀之。曾摇箑微笑，便问：『有蟒玉分否？』星者②曰：『二十年太平宰相。』曾大悦，气益高。

值小雨，乃与游侣避雨僧舍。舍中一老僧，深目高鼻，坐蒲团上，淹蹇不为礼。众一举手，登榻自话，群以宰相相贺。曾心气殊高，便指同游曰：『某为宰相时，推张年丈③作南抚，家中表④为参、游，我家老苍头亦得小千把，余愿足矣。』一座大笑。

俄闻门外雨益倾注，曾倦伏榻间。忽见有二中使，赍天子手诏，召曾太师决国计。曾得意荣宠，亦乌知其非有也，疾趋入朝。天子前席，温语良久，命三品以下，听其黜陟，不必奏闻。即赐蟒服一袭，玉带一围，名马二匹。曾被服稽拜以出。入家，则非旧所居第，绘栋雕榱，穷极壮丽，自亦不解何以遽至于此。然拈须微呼，则应诺雷动。俄而公卿赠海物，伛偻足恭者叠出其门。六卿来，倒屣而迎；侍郎辈，揖与语；下此者，颔之而已。晋抚馈女乐十人，皆是好女子，其尤者为袅袅，为仙仙，二人尤蒙宠顾。科头休沐，日事声歌。一日，念微时尝得邑绅王子良周济，我今置身青云，渠尚蹉跎仕路，何不一引手？早旦一疏，荐为谏议，即奉谕旨，立行擢用。又念郭太仆曾睚眦我，即传吕给谏及侍御陈昌等，授以意旨；越日，弹章交至，奉旨削职以去。恩怨了了，颇快心意。偶出郊衢，醉人适触卤簿，即遣人缚付京尹，立毙杖下。接第连阡者，皆畏势献沃产，自此富可埒国。无何而袅袅、仙仙，以次殂谢，朝夕遐想，忽忆曩年见东家女绝美，每思购充媵御，辄以绵薄违宿愿，今日幸可适志。乃使干仆数辈，强纳资于其家。俄顷藤舆舁至，则较之昔望见时尤艳绝也。自顾生平，于愿斯足。

又逾年，朝士窃窃，似有腹非之者，然揣其意，各为立仗马，曾亦高情盛气，不以置怀。有龙图学士包拯⑤上疏，其略曰：『窃以曾某，原一饮赌无赖，市井小人。一言之合，荣膺圣眷，父紫儿朱，恩宠为极。不思捐躯摩顶，以报万一，反恣胸臆，擅作威福。可死之罪，擢发难数！朝廷名器，居为奇货，量缺肥瘠，为价重轻。因而公卿将士，尽奔走于门下，估计夤缘，俨如负贩，仰息望尘，不可算数。或有杰士贤臣，不肯阿附，轻则置之闲散，重则褫以编氓。甚且一臂不袒，辄迕鹿马之奸；片语方干，远窜豺狼之地。朝士为之寒心，朝廷因而孤立。又且平民膏腴，任肆蚕食；良家女子，强委禽妆。气冤氛，暗无天日！奴仆一到，则守、令承颜；书函一投，则司、院枉法。或有厮养之儿，瓜葛之亲，出则乘传，风行雷动。地方之供给稍迟，马上之鞭挞立至。荼毒人民，奴隶官府，扈从⑥所临，野无青草。而某方炎炎赫赫，怙宠无悔。召对方承于阙下，萋菲辄进于君前；委蛇才退于自公，声歌已起于后苑。声色狗马，昼夜荒淫；国计民生，罔存念虑。世上宁有此宰相乎！内外骇讹，人情汹汹。若不急加斧婞之诛，势必酿成操、莽之祸。臣拯夙夜抵惧，不敢宁处，冒死列款⑦，仰达宸听。伏祈断奸佞之头，籍贪冒之产，上回天怒，下快舆情。如果臣言虚谬，刀锯鼎镬，即加臣身。』云云。疏上，曾闻之气魄悚骇，如饮冰水。幸而皇上优容，留中不发。又继而科、道、九卿，交章劾奏，即昔之拜门墙、称假父者，亦反颜相向。奉旨籍家，充云南军。子任平阳太守，已差员前往提问。

曾方闻旨惊怛，旋有武士数十人，带剑操戈，直抵内寝，褫其衣冠，与妻并系。俄见数夫运资于庭，金银钱钞以数百万，珠翠瑙玉数百斛，幄幕帘榻之属，又数千事，以至儿襁女舄，遗坠庭阶。

曾一一视之。酸心刺目。又俄而一人掠美妾出，披发娇啼，玉容无主。悲火烧心，含愤不敢言。俄楼阁仓库，并已封志，立叱曾出。监者牵罗曳而出，夫妻吞声就道，求一下驷劣车，少作代步，亦不可得。十里外，妻足弱，欲倾跌，曾时以一手相攀引。又十余里，己亦困惫。见高山，直插云汉，自忧不能登越，时挽妻相对泣。而监者狞目来窥，不容稍停驻。又顾斜日已坠，无可投止，不得已，参差蹩躠而行。比至山腰，妻力已尽。泣坐路隅。曾亦憩止，任监者叱骂。

忽闻百声齐噪，有群盗各操利刃，跳梁而前。监者大骇，逸去。曾长跪告曰：『孤身远谪，囊中无长物。』哀求宥免。群盗裂眦宣言：『我辈皆被害冤民，只乞得佞贼头，他无索取。』曾怒叱曰：『我虽待罪，乃朝廷命官，贼子何敢尔！』贼亦怒，以巨斧挥曾项，觉头堕地作声。魂方骇疑，即有二鬼来反接其手，驱之行。行逾数刻，入一都会。顷之，睹宫殿，殿上一丑形王者，凭几决罪福。曾前匍伏请命，王者阅卷，才数行，即震怒曰：『此欺君误国之罪，宜置油鼎！』万鬼群和，声如雷霆。即有巨鬼捽至墀下，见鼎高七尺已来，四围炽炭，鼎足皆赤。曾觳觫哀啼，窜迹无路。鬼以左手抓发，右手握踝，抛置鼎中。觉块然一身，随油波而上下，皮肉焦灼，痛彻于心，沸油入口，煎烹肺腑。念欲速死，而万计不能得死。约食时，鬼方以巨叉取曾，复伏堂下。王又检册籍，怒曰：『倚势凌人，合受刀山狱！』鬼复去。见一山，不甚广阔，而峻削壁立，利刃纵横，乱如密笋。先有数人浘肠刺腹于其上，呼号之声，惨绝心目。鬼促曾上，曾大哭退缩。鬼以毒锥刺脑，曾负痛乞怜。鬼怒，捉曾起，望空力掷。觉身在云霄之上，晕然一落，刃交于胸，痛苦不可言状。又移时，身躯重赘，刀孔渐阔，忽焉脱落，四支蠖屈。鬼又逐以见王。王命会计生平卖爵鬻名，枉法霸产，所得金钱几何。即有鬈须

人持筹握算，曰：『二百二十一万。』王曰：『彼既积来，还令饮去！』少间，取金钱堆阶上如丘陵，渐入铁釜，熔以烈火。鬼使数辈，更相以杓灌其口，流颐则皮肤臭裂，入喉则脏腑腾沸。生时患此物之少，是时患此物之多也。半日方尽。

王者令押去甘州为女。行数步，见架上铁梁，围可数尺，绾一火轮，其大不知几百由旬⑧，焰生五采，光耿云霄。鬼挞使登轮。方合眼跃登，则轮随足转，似觉倾坠，遍体生凉。开目自顾，身已婴儿，而又女也。视其父母，则悬鹑败絮；土室之中，瓢杖犹存。心知为乞人子，日随乞儿托钵，腹辘辘不得一饱。着败衣，风常刺骨。十四岁，鬻与顾秀才备媵妾，衣食粗足自给。而冢室悍甚，日以鞭棰从事，辄用赤铁烙胸乳。幸良人颇怜爱，稍自宽慰。东邻恶少年，忽逾墙来逼与私，乃自念前身恶孽，已被鬼责，今那得复尔。于是大声疾呼，良人与嫡妇尽起，少年始窜去。一日，秀才宿诸其室，枕上喋喋，方自诉冤苦；忽震厉一声，室门大辟，有两贼持刀入，竟决秀才首，囊括衣物。团伏被底，不敢作声。既而贼去，乃喊奔嫡室。嫡大惊，相与泣验。遂疑妾以奸夫杀良人，状白刺史。刺史严鞫，竟以酷刑诬服，律拟凌迟处死，絷赴刑所。胸中冤气扼塞，距踊声屈，觉九幽十八狱无此黑黯也。正悲号间，闻游者呼曰：『兄魇耶？』豁然而寤，见老僧犹跏趺座上。同侣竞相谓曰：『日暮腹枵，何久酣睡？』曾乃惨淡而起。僧微笑曰：『宰相之占验否？』曾益惊异，拜而请教。僧曰：『修德行仁，火坑中有青莲也。山僧何知焉。』曾胜气而来，不觉丧气而返。台阁之想由此淡焉。后入山，不知所终。

异史氏曰：梦固为妄，想亦非真。彼以虚作，神以幻报。黄粱将熟，此梦在所必有，当以附之邯郸之后。

注释

①南宫：原指尚书省，此处指礼部。

②星者：相士。古人认为人的命运与星宿的位置、运行息息相关，故称给人算命的人为『星者』。

③年丈：科举时代同榜录取者互称『同年』，称同年的父辈或父辈的同年为『年丈』。

④中表：表兄弟。古时称姑父的儿子为外兄弟，称舅父或姨母的儿子为内兄弟，外为表，内为中，故合称为『中表兄弟』。

⑤龙图学士包拯：此处指刚直不阿的大臣。

⑥扈从：随从。

⑦列款：列举罪状。款，罪状。

⑧由旬：梵文音译，古代印度计算里数的单位，分为大、中、小。

辛十四娘

广平冯生，少轻脱，纵酒。昧爽偶行，遇一少女，着红帔，容色娟好。从小奚奴①，蹑露奔波，履袜沾濡。心窃好之。薄暮醉归，道侧故有兰若，久芜废，有女子自内出，则向丽人也，忽见生来，即转身入。阴思：丽者何得在禅院中？縶驴于门，往觇其异。入则断垣零落，阶上细草如毯。彷徨间，一斑白叟出，衣帽整洁，问：『客何来？』生曰：『偶过古刹②，欲一瞻仰。』因问：『翁何至此？』叟曰：『老夫流寓无所，暂借此安顿细小。既承宠降，山茶可以当酒。』乃肃宾入。见殿后一院，石路

光明，无复榛莽。入其室，则帘幌床幕，香雾喷人。坐展姓字，云：『蒙叟姓辛。』生乘醉遽问曰：『闻有女公子未遭良匹，窃不自揣愿以镜台自献。』辛笑曰：『容谋之荆人。』生即索笔为诗曰：『千金觅玉杵，殷勤手自将。云英如有意，亲为捣玄霜。』主人笑付左右。少间，有婢与辛耳语。辛起慰客耐坐，牵幕入，隐约数语即趋出。生意必有佳报，而辛乃坐与嗢噱，不复有他言。生不能忍，问曰：『未审意旨，幸释疑抱。』辛曰：『君卓荦士，倾风已久，但有私衷所不敢言耳。』生固请，辛曰：『弱息十九人，嫁者十有二。醮命任之荆人，老夫不与焉。』生曰：『小生只要得今朝领小奚奴带露行者。』辛不应，相对默然。闻房内嘤嘤腻语，生乘醉搴帘曰：『伉俪既不可得，当一见颜色，以消吾憾。』内闻钩动，群立愕顾。果有红衣人，振袖倾鬟，亭亭拈带。望见生入，遍室张皇。辛怒，命数人捽生出。酒愈涌上，倒榛芜中，瓦石乱落如雨，幸不着体。

卧移时，听驴子犹龁草路侧，乃起跨驴，踉跄而行。夜色迷闷，误入涧谷，狼奔鸱叫，竖毛寒心。踟蹰四顾，并不知其何所。遥望苍林中灯火明灭，疑必村落，竟驰投之。仰见高闳，以策挝门，内问曰：『何人半夜来此？』生以失路告，内曰：『待达主人。』生累足鹄俟。忽闻振管辟扉，一健仆出，代客捉驴。生入，见室甚华好，堂上张灯火。少坐，有妇人出，问客姓氏，生以告。逾刻，青衣数人扶一老妪出，曰：『郡君[③]至。』生起立，肃身欲拜。妪止之坐，谓生曰：『尔非冯云子之孙耶？』曰：『然。』妪曰：『子当是我弥甥。老身钟漏并歇，残年向尽，骨肉之间，殊多乖阔。』生曰：『儿少失怙，与我祖父处者，十不识一焉。素未拜省，乞便指示。』妪曰：『子自知之。』生不敢复问，坐对悬想。妪曰：『甥深夜何得来此？』生以胆力自矜诩，遂历陈所遇。妪笑曰：『此大好事。况甥名士，殊不玷于姻娅，野狐精何得强自高？甥勿虑，我能为若致之。』生谢唯唯。妪顾左右曰：『我不知辛家女儿遂如此端好。』青衣人曰：『渠有十九女，都翩翩有风格，不知官人所聘行几？』生曰：『年约十五余矣。』青衣曰：『此是十四娘。三月间，曾从阿母寿郡君，何忘却？』妪笑曰：『是非刻莲瓣为高履，实以香屑，蒙纱而步者乎？』青衣曰：『是也。』妪曰：『此婢大会作意，弄媚巧。然果窈窕，阿甥赏鉴不谬。』即谓青衣曰：『可遣小狸奴唤之来。』青衣应诺去。

移时，入白：『呼得辛家十四娘至矣。』旋见红衣女子，望妪俯拜。妪曰：『后为我家甥妇，勿得修婢子礼。』女子起，娉娉而立，红袖低垂。妪理其鬓发，捻其耳环，曰：『十四娘近在闺中作么生？』女低应曰：『闲来只挑绣。』回首见生，羞缩不安。妪曰：『此吾甥也。盛意与儿作姻好，何便教迷途，终夜窜溪谷？』女俯首无语。妪曰：『我唤汝非他，欲为吾甥作伐耳。』女默默而已。妪命扫榻展裀褥，即为合卺。女腼然曰：『还以告之父母。』妪曰：『我为汝作冰，有何舛谬？』女曰：『郡君之命，父母当不敢违，然如此草草，婢子即死，不敢奉命！』妪笑曰：『小女子志不可夺，真吾甥妇也！』乃拔女头上金花一朵，付生收之。命归家检历，以良辰为定。乃使青衣送女去。听远鸡已唱，遣人持驴送生出。数步外，欻一回顾，则村舍已失，但见松楸浓黑，蓬颗蔽冢而已。定想移时，乃悟其处为薛尚书墓。

薛乃生故祖母弟，故相呼以甥。心知遇鬼，然亦不知十四娘何人。咨嗟而归，漫检历以待之，而心恐鬼约难恃。再往兰若，则殿宇荒凉，问之居人，则寺中往往见狐狸云。阴念：若得丽人，狐亦自佳。至日除舍扫途，更仆眺望，夜半犹寂，生已无望。顷之门外哗然，蹝屣出窥，则绣幰已驻于庭，双鬟扶女坐青庐中。妆奁亦无长物，惟两长鬣奴扛一扑满，大如瓮，息肩置堂隅。生喜得佳丽偶，并不疑其异类。问女曰：『一死鬼，卿家何帖服之甚？』女曰：『薛尚书，今作五都巡环使，数百里鬼狐皆备扈从，故归墓时常少。』生不忘蹇修④，翼日往祭其墓。归见二青衣，持贝锦为贺，竟委几上而去。生以告女，女曰：『此郡君物也。』

邑有楚银台之公子，少与生共笔砚，颇相狎。闻生得狐妇，馈遗为饮，即登堂称觞。越数日，又折简来招饮。女闻，谓生曰：『曩公子来，我穴壁窥之，其人猿睛鹰准，不可与久居也。宜勿往。』生诺之。翼日公子造门，问负约之罪，且献新什。生评涉嘲笑，公子大惭，不欢而散。生归笑述于房，女惨然曰：『公子豺狼，不可狎也！子不听吾言，将及于难！』生笑谢之。后与公子辄相谀噱，前隙渐释。会提学试，公子第一，生第二。公子沾沾自喜，走来邀生饮，生辞；频招乃往。至则知为公子初度，客从满堂，列筵甚盛。公子出试卷示生，亲友叠肩叹赏。酒数行，乐奏于堂，鼓吹伧，宾主甚乐。公子忽谓生曰：『谚云：「场中莫论文。」此言今知其谬。小生所以忝出君上者，以起处数语略高一筹耳。』公子言已，一座尽赞。生醉不能忍，大笑曰：『君到于今，尚以为文章至是耶！』生言已，一座失色。公子惭忿气结。客渐去，生亦遁。醒而悔之，因以告女。女不乐曰：『君诚乡曲之儇子也！轻薄之态，施之君子，则丧吾德；施之小人，则杀吾身。君祸不远矣！我不忍见君流落，请从此辞。』生惧而涕，且告之悔。女曰：『如欲我留，与君约：从今闭户绝交游，勿浪饮。』生谨受教。

十四娘为人勤俭洒脱，日以纂织为事。时自归宁，未尝逾夜。又时出金帛作生计，日有赢余，辄投扑满。日杜门户，有造访者辄嘱苍头谢去。

一日，楚公子驰函来，女焚拃不以闻。翼日，出吊于城，遇公子于丧者之家，捉臂苦约，生辞以故。公子使圉人挽辔，拥以行。至家，立命洗腆。继辞夙退。公子要遮无已，出家姬弹筝为乐。生素不羁，向闭置庭中，颇觉闷损，忽逢剧饮，兴顿豪，无复萦念。因而醉酣，颓卧席间。公子妻阮氏，最悍妒，婢妾不敢施脂泽。日前，婢入斋中，为阮掩执，以杖击首，脑裂立毙。公子以生嘲慢故，衔生，日思所报，遂谋醉以酒而诬之。乘生醉寐，扛尸床间，合扉径去。生五更醒解，始觉身卧几上，起寻枕榻，则有物腻然，绁绊步履。摸之，人也。意主人遣僮伴睡。又蹴之不动，举之而僵，大骇，出门怪呼。厮役尽起，拃之，见尸，执生怒闹。公子出验之，诬生逼奸杀婢，执送广平。隔日，十四娘始知，潸泣曰：『早知今日矣！』因按日以金钱遗生。生见府尹，无理可伸，朝夕搒掠，皮肉尽脱。女自诣问，生见之，悲气塞心，不能言说。女知陷阱已深，劝令诬服，以免刑宪。生泣听命。

女还往之间，人咫尺不相窥。归家咨惋，遽遣婢子去。独居数日，又托媒媪购良家女，名禄儿，年及笄，容华颇丽，与同寝食，抚爱异于群小。生认误杀拟绞。苍头得信归，恸述不成声。女闻，坦然若不介意。既而秋决有日，女始皇皇躁动，昼去夕来，无停履。每于寂所，于邑悲哀，至损眠食。一日，日晡，狐婢忽来。女顿起，相引屏语。出则笑色满容，料理门户如平时。翼日，苍头至狱，生寄语娘子一往永诀。苍头复命，女漫应之，亦不怆恻，殊落落置之；家人窃议其忍。忽道路沸传：楚银台革职，平阳观察奉特旨治冯生案。苍头闻之，喜告主母。女亦喜，即遣入府探视，则生已出狱，相见悲喜。俄捕公子至，一鞫，尽得其情。生立释宁家。归见女，泫然流涕，女亦相对怆楚，悲已而喜，然终不知何以得达上听。女笑指婢曰：『此君之功臣也。』生愕问故。

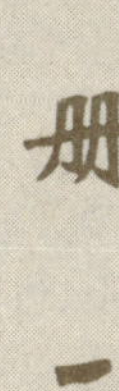

先是，女遣婢赴燕都，欲达宫闱，为生陈冤抑。婢至，则宫中有神守护，徘徊御沟间，数月不得入。婢惧误事，方欲归谋，忽闻今上将幸大同，婢乃预往，伪作流妓。上至勾栏，极蒙宠眷。疑婢不似风尘人，婢乃垂泣。上问：『有何冤苦？』婢对曰：『妾原籍直隶广平，生员冯某之女。父以冤狱将死，遂鬻妾勾栏中。』上惨然，赐金百两。临行，细问颠末，以纸笔记姓名；且言欲与共富贵。婢言：『但得父子团聚，不愿华也。』上颔之，乃去。婢以此情告生。生急起拜，泪眦双荧。居无几何，女忽谓生曰：『妾不为情缘，何处得烦恼？君被逮时，妾奔走戚眷间，并无一人代一谋者。尔时酸衷，诚不可以告诉。今视尘俗益厌苦。我已为君蓄良偶，可从此别。』生闻，泣伏不起，女乃止。夜遣禄儿侍生寝，生拒不纳。朝视十四娘，容光顿减；又月余，渐以衰老；半载，黯黑如村妪：生敬之，终不替。女忽复言别，且曰：『君自有佳侣，安用此鸠盘为？』生哀泣如前日。又逾月，女暴疾，绝饮食，羸卧闺闼。生侍汤药，如奉父母。巫医无灵，竟以溘逝。生悲怛欲绝。即以婢赐金，为营斋葬。数日，婢亦去，遂以禄儿为室。逾年，生一子。然比岁不登，家益落。夫妻无计，对影长愁。忽忆堂陬扑满，常见十四娘投钱于中，不知尚在否。近临之，则豉具盐盎，罗列殆满。头头置去，箸探其中，坚不可入。扑而碎之，金钱溢出。由此顿大充裕。

后苍头至太华，遇十四娘，乘青骡，婢子跨蹇以从，问：『冯郎安否？』且言：『致意主人，我已名列仙籍矣。』言讫不见。

异史氏曰：轻薄之辞，多出于士类，此君子所悼惜也。余常冒不韪之名，言冤则已迂；然未尝不刻苦自励，以勉附于君子之林，而祸福之说不与焉。若冯生者，一言之微，几至杀身，苟非室有仙人，亦何能解脱囹圄，以再生于当世耶？可惧哉！

注释

①奚奴：奴仆，此处指婢女。《周礼·天官·序官》：『奚三百人。』

②刹：指佛塔顶部的装饰，后代指寺庙古塔。

③郡君：古时妇人的封号。

④蹇修：代指媒人。蹇修，神话传说中伏羲氏的大臣。

念秧

异史氏曰：人情鬼蜮[1]，所在皆然；南北冲衢，其害尤烈。如强弓怒马，御人于国门之外者，夫人而知之矣。或有劙刺橐，攫货于市，行人回首，财货已空，此非鬼蜮之尤者耶？乃又有萍水相逢[2]，甘言如醴，其来也渐，其入也深。误认倾盖之交[3]，遂罹丧资之祸。随机设阱，情状不一；俗以其言辞浸润，名曰『念秧』。今北途多有之，遭其害者尤众。

余乡王子巽者，邑诸生。有族先生在都为旗籍太史，将往探讯。治装北上，出济南，行数里，有一人跨黑卫驰与同行，时以闲语相引，王颇与问答。其人自言：『张姓。为栖霞隶，被令公差赴都。』称谓㧑卑，祗奉殷勤，相从数十里，约以同宿。王在前则策蹇追及，在后则祗候道左。仆疑之，因厉色拒去，不使相从。张颇自惭，挥鞭遂去。既暮休于旅舍，偶步门庭，则见张就外舍饮。方惊疑间，张望见王垂手拱立，谦若厮仆，稍稍问讯。王亦以泛泛适相值，不为疑，然王仆终夜戒备之。鸡既唱，张来呼与同行，仆咄绝之，乃去。朝暾已上，王始就道。行半日许，前一人跨白卫，约四十许，衣帽整洁，垂首蹇分，盹寐欲堕。或先或后，因循十余里。王怪问：『夜何作，迷顿乃尔？』其人闻之，猛然欠伸，言：『青苑人，许姓，临淄令高檠是我中表。家兄设帐于官署，我往探省，少获馈贻。今夜旅舍，误同念秧者宿，惊惕不敢交睫，遂致白昼迷闷。』王故问：『念秧何说？』许曰：『君客时少，未知险诈。今有匪类，以甘言诱行旅，夤缘与同休止，因而乘机骗赚。昨有葭莩亲，以此丧资斧。吾等皆宜警备。』王颔之。先是，临淄宰与王有旧，曾入其幕，识其门客，果有许姓，遂不复疑。因道寒温，兼询其兄况。许约暮共主人，王诺之。仆终疑其伪，阴与主谋，迟留不进，相失，遂杳。

翼日卓午，又遇一少年，年可十六七，骑健骡，冠服修整，貌甚都。同行久之，未交一言。日既夕，少年忽曰：『前去曲律店不远矣。』王微应之。少年因咨嗟歉，如不自胜。王略致诘，少年叹曰：『仆江南金姓。三年膏火，冀博一第，不图竟落孙山！家兄为部中主政，遂载细小来，冀得排遣。生平不曾跋涉，扑面尘沙，使人薅恼。』因取红巾拭面，叹咤不已。听其语，操南音，娇婉若女子。王心好之，稍为慰藉。少年曰：『适先驰出，眷口久望不来，何仆辈亦无至者？日已将暮，奈何！』迟留瞻望，行甚缓。王遂先驱，相去渐远。晚投旅邸，既入舍，则壁下一床，先有客解装其上。王问主人，即有一人入，携之而出，曰：『但请安置，当即移他所。』王视之则许。王止与同舍，许遂止，因与坐谈。少间，又有携装入者，见王、许在舍，返身遽出，曰：『已有客在。』王审视，则途中少年也。王未言，许急起曳留之，少年遂坐。许乃展问邦族，少年又以途中言为许告。俄顷，解囊出资，堆累颇重，秤两余付主人，嘱治肴酒，以供夜话。二人争劝止之，卒不听。

俄而酒炙并陈。筵间，少年论文甚风雅。王问江南闱题，少年悉告之。且自诵其承破，及篇中得意之句。言已，意甚不平，共扼腕之。少年又以家口相失，夜无仆役，患不解牧圉，王因命仆代摄莝豆。少年深感谢。居无何，忽蹴然曰：『生平蹇滞，出门亦无好况。昨夜逆旅与恶人居，掷骰叫呼，聒耳沸心，使人不眠。』南音呼骰为兜，许不解，固问之，少年手摹其状。许乃笑，于囊中出色一枚，曰：『是此物否？』少年诺。许乃以色为令，相欢饮。酒既阑，许请共掷，赢一东道主，王辞不解。许乃与少年相对呼卢，又阴嘱王曰：『君勿漏言。蛮公子颇充裕，年又雏，未必深解五木诀。我赢些须，明当奉屈耳。』二人乃入隔舍。旋闻轰赌甚闹，王潜窥之，见栖霞隶亦在其中。大疑，展衾自卧。又移时，众共拉王赌，王坚辞不解。许愿代辨枭雉，王又不肯；遂强代王掷。少间，就榻报王曰：『汝赢几筹矣。』王睡梦应之。

忽数人排闼而入，番语啁。首者言佟姓。为旗下逻捉赌者。时赌禁甚严，各大惶恐。佟大声吓王，王亦以太史旗号相抵。佟怒解，与王叙同籍，笑请复博为戏。众果复赌，佟亦赌。王谓许曰：『胜负我不预闻。但愿睡，无相混。』许不听，仍往来报之。既散局，各计筹马，王负欠颇多，佟遂搜王装橐取偿。王愤起相争。金捉王臂，阴告曰：『彼都匪人，其情叵测。我辈乃文字交，无不相顾。适局中我赢得如干数，可相抵。此当取偿许君者，今请易之。便令许偿佟，君偿我。不过暂掩人耳目，过此仍以相还。终不然，以道义之交，遂实取君偿耶？』王故长厚，遂信之。少年出，以相易之谋告佟。乃对众发王装物，估入已橐，佟乃转索许、张而去。

少年遂襆被来，与王连枕，衾褥皆精美。王亦招仆人卧榻上，各默然安枕。久之，少年故作转侧，

以下体呢就仆。仆移身避之，少年又近就之。肤着股际，滑腻如脂。仆心动，试与狎，而少年殷勤甚至，衾息鸣动。王颇闻之，虽甚骇怪，终不疑其有他也。昧爽，少年即起，促与早行。且云：『君蹇疲殆，夜所寄物，前途请相授耳。』王尚无言，少年已加装登骑，王不得已从之。骡行驶，去渐远，王料其前途相待，初不为意。因以夜间所闻问仆，仆以实告。王始惊曰：『今被念秧者骗矣！焉有宦室名士，而毛遂于圉仆？』又转念其谈词风雅，非念秧所能，急追数十里，踪迹殊杳。始悟张、许、佟皆其一党，一局不行，又易一局，务求其必入也。偿债易装，已伏一图赖之机，设其携装之计不行，亦必执前说篡夺而去。为数十金，委缀数百里，恐仆发其事，而以身交欢之，其术亦苦矣。

后数年，又有吴生之事：

邑有吴生字安仁，三十丧偶，独宿空斋。有秀才来与谈，遂相知悦。从一小奴，名鬼头，亦与吴僮报儿善。久而知其为狐。吴远游，必与俱，同室之中，人不能睹。吴客都中，将旋里，闻王生遭念秧之祸，因戒僮警备。狐笑曰：『勿须，此行无不利。』

至涿，一人系马坐烟肆，裘服齐楚。见吴过，亦起，超乘从之。渐与吴语，自言：『山东黄姓，提堂户部。将东归，且喜同途不孤寂。』于是吴止亦止，每共食必代吴偿值。吴阳感而阴疑之。私以问狐，狐曰：『不妨。』吴意释。

及晚，同寻寓所，先有美少年坐其中。黄入，与拱手为礼，喜问少年：『何时离都？』答云：『昨日。』黄遂拉与共寓，向吴曰：『此史郎，我中表弟，亦文士，可佐君子谈骚雅，夜话当不寥落。』乃出金资，治具共饮。少年风流蕴藉，遂与吴大相爱悦，饮间，辄目示吴作觞弊，罚黄，强使釂，鼓掌作笑。

吴益悦之。既而更与黄谋赌博，共牵吴，遂各出橐金为质。狐嘱报儿暗锁板扉，嘱曰：『倘闻人喧，但寐无哗。』吴诺。吴每掷，小注则输，大注则赢。更余，计得二百金。史、黄错橐垂罄，议质其马。忽闻挝门声甚厉，吴急起，投色于火，蒙被假卧。久之，闻主人觅钥不得，破扃启关，有数人汹汹入，搜捉博者。史、黄并言无有。一人竟捋吴被，指为赌者，吴叱咄之。数人强检吴装。方不能与之撑拒，忽闻门外舆马呵殿声。吴急出鸣呼，众始惧，曳之入，但求无声。吴乃从容苞苴付主人。卤簿既远，众乃出门去。

黄与史共作惊喜状，取次览寝，黄命史与吴同榻。吴以腰橐置枕头，方伸被而睡。无何，史启吴衾，裸体入怀，小语曰：『爱兄磊落，愿从交好。』吴心知其诈，然计亦良得，遂相偎抱。史极力周奉，不料吴固伟男，大为凿枘，颦呻殆不可任，窃窃哀免。吴固求讫事。手扪之，血流漂杵矣。乃释令归。及明，史惫不能起，托言暴病，请吴、黄先发。吴临别，赠金为药饵之费。途中语狐，乃知夜来卤簿，皆狐所为。黄于途，益谄事吴。暮复同舍，斗室甚隘，仅容一榻，颇暖洁，吴以为狭。黄曰：『此卧两人则隘，君自卧则宽，何妨？』食已径去。吴亦喜独宿可接狐友，坐良久，狐不至。倏闻壁上小扉有指弹之声。吴拔关探视，一少女艳妆遽入，自扃门户，向吴展笑，佳丽如仙。吴喜致研诘，则主人之子妇也。遂与狎，大相爱悦。女忽潸然泣下。吴惊问之，女曰：『不敢隐匿，妾实主人遣以饵君者。曩时入室，即被掩执，不知今宵，何久不至？』又呜咽曰：『妾良家女，情所不甘。今已倾心于君，乞垂拔救！』吴闻骇惧，计无所出，但遣速去，女惟俯首泣。

忽闻黄与主人捶阖鼎沸，但闻黄曰：『我一路祇奉，谓汝为人，何遂诱我弟室！』吴惧，逼女令去。

闻壁扉外亦有腾击声。吴仓卒汗流如沈，女亦伏泣。又闻有人劝止主人，主人不听，推门愈急。劝者曰：『请问主人，意将何为？如欲杀耶，有我等客数辈，必不坐视凶暴。如两人中有一逃者，抵罪安所辞？如欲质之公庭耶，帷薄不修，适以取辱。且尔宿行旅，明明陷诈，安保女子无异言？』主人张目不能语。吴闻窃感佩，而不知何人。初，肆门将闭，即有秀才共一仆来，就外舍宿。携有香酝，遍酌同舍，劝黄及主人尤殷。两人辞欲起，秀才牵裾，苦不令去。后乘间得遁，操杖奔吴所。秀才闻喧，始入劝解。吴伏窗窥之，则狐友也，心窃喜。又见主人意稍夺，乃大言以恐之。又谓女子：『何默不一言？』女啼曰：『恨不如人，为人驱役贱务！』主人闻之，面如死灰。秀才叱骂曰：『尔辈禽兽之情，亦已毕露。此客子所共愤者！』黄及主人皆释刀杖，长跪而请。吴亦启户出，顿大怒詈，秀才又劝止吴，两始和解。

女子又啼，宁死不归。内奔出妪婢，女令入。女子卧地，哭益哀。秀才劝重价货吴生，主人俯首曰：『作老娘三十年，今日倒绷孩儿，亦复何说。』遂依秀才言。吴固不肯破重资，秀才调停主客间，议定五十金。人财交付后，晨钟已动，乃共促装，载女子以行。女未经鞍马，驰驱颇殆。午间稍息憩，将行，唤报儿，不知所往。日已夕，尚无踪响，颇怀疑讶，遂以问狐。狐曰：『无忧，将自至矣。』星月已出，报儿始至。吴诘之，报儿笑曰：『公子以五十金肥奸伧，窃所不平。适与鬼头计，反身索得。』遂以金置几上。吴惊问其故，盖鬼头知女止一兄，远出十余年不返，遂幻化作其兄状，使报儿冒弟行，入门索姊妹。主人惶恐，诡托病殂。二僮欲质官，主人益惧，啖之以金，渐增至四十，二僮乃行。报儿具述其状，吴即赐之。

吴归，琴瑟綦笃。家益富。细诘女子，曩美少年即其夫，盖史即金也。袭一槲绸帔，云是得之山东王姓者。盖其党羽甚众，逆旅主人，皆其一类。何意吴生所遇，即王子巽连天呼苦之人，不亦快哉！旨哉古言：『骑者善堕。』

注释

①鬼蜮：原指害人的鬼和怪物，后比喻奸诈阴狠的人。《诗·小雅·何人斯》：『为鬼为蜮，则不可得。』蜮，传说中伏于水中含沙射人的一种怪物。

②萍水相逢：指偶然相识。王勃《滕王阁序》：『萍水相逢，尽是他乡之客。』

③倾盖之交：一见如故的朋友。倾盖，指并车交谈。《史记·邹阳列传》『谚曰「有白头如新，倾盖如故。」何则？知与不知也。』

酒狂

缪永定，江西拔贡①生，素酗于酒，戚党多畏避之。偶适族叔家，与客滑稽谐谑，遂共酣饮。缪醉，使酒骂座，忤客；客怒，一座大哗。叔为排解，缪为左袒客，益迁怒叔。叔无计，奔告其家。家人来，扶挟以归。才置床上，四肢尽厥，抚之，奄然气绝。

缪见有皂帽人絷已去。移时至一府署，缥碧为瓦，世间无其壮丽。至墀下，似欲伺见官宰，自思无罪，当是客讼斗殴。回顾皂帽人，怒目如牛，又不敢问。忽堂上一吏宣言，使讼狱者翼日早候，于是堂下人纷纷散去。缪亦随皂帽人出，更无归着，缩首立肆檐下。皂帽人怒曰：『颠酒无赖子！日将暮，各去寻眠食，尔何往？』缪战栗曰：『我且不知何事，并未告家人，故毫无资斧，庸将焉归？』

皂帽人曰：『颠酒贼！若酤自啖，便有用度！再支吾，老拳碎颠骨子！』缪垂首不敢声。忽一人自户内出，见缪，诧异曰：『尔何来？』缪视之，则其母舅。舅贾氏，死已数载。缪见之，始悟已死，心益悲惧，向舅涕零曰：『阿舅救我！』贾顾皂帽人曰：『东灵非他，屈临寒舍。』二人乃入。贾重揖皂帽人，且嘱青眼。俄顷出酒食，团坐相饮。贾问：『舍甥何事，遂烦勾致？』皂帽人曰：『大王[2]驾诣浮罗君，遇令甥醉詈，使我捉得来。』贾问：『见王未？』曰：『浮罗君会花子案，驾未归。』又问：『阿甥将得何罪？』答曰：『未可知也。然大王颇怒此等人。』缪在侧，闻二人言，觳觫汗下，杯箸不能举。无何，皂帽人起，谢曰：『叨盛酌，已经醉矣。即以令甥相付托，驾归，再容登访。』乃去。贾谓缪曰：『甥别无兄弟，父母爱如掌上珠，常不忍一诃。十六七岁，三杯后，喃喃寻人疵，小不合，辄挞门裸骂，犹谓齿稚。不意别十余年，甥了不长进。今且奈何！』缪伏地哭，懊悔无及。贾曳之曰：『舅在此业酤，颇有小声望，必合极力。适饮者乃东灵使者，舅常饮之酒，与舅颇相善。大王日万几，亦未必便能记忆。我委曲与言，浼以私意释甥去，或可允从。』又转念曰：『此事担负颇重，非十万不能了也。』缪谢诺，即就舅氏宿。次日，皂帽人早来觇望。贾请间。语移时，来谓缪曰：『谐矣。少顷，即复来。我先罄所有用压契，余待甥归从容凑致之。』缪喜曰：『共得几何？』曰：『十万。』曰：『甥何处得如许？』贾曰：『只金币钱纸[3]百提，足矣。』缪喜曰：『此易办耳。』待将停午，皂帽人不至。

缪欲出市上少游瞩，贾嘱勿远荡，诺而出。见街里贸贩，一如人间。至一所，棘垣峻绝，似是图圄。对门一酒肆，往来颇夥。肆外一带长溪，黑潦涌动，深不见底。方伫足窥探，闻肆内

一人呼曰：『缪君何来？』缪急视之，则邻村翁生，乃十年前文字交。趋出握手，欢若平生。即就肆内小酌，各道契阔。缪庆幸中，又逢故知，倾怀尽釂。大醉，顿忘其死，旧态复作，渐絮絮瑕疵翁。翁曰：『数年不见，君复尔耶？』缪素厌人道其酒德，闻言益愤。击桌大骂。翁睨之，拂袖竟出。缪又追至溪头，捋翁帽，翁怒曰：『此真妄人！』乃推缪颠堕溪中。溪水殊不甚深，而水中利刃如麻，刺胁穿胫，坚难摇动，痛彻骨脑。黑水杂溲秽，随吸入喉，更不可耐。岸上人观笑如堵，绝不一为援手。

时方危急，贾忽至，望见大惊，提携以归，曰：『尔不可为也！死犹弗悟，不足复为人！请仍从东灵受斧。』缪大惧，泣拜知罪。贾乃曰：『适东灵至，候汝立券，汝乃饮荡不归，渠迫不能待。我已立券，付千缗令去，余以旬尽为期。子归，宜急措置，夜于村外旷莽中，呼舅名焚之，此案可结也。』缪悉如命，乃促之行，送之郊外，又嘱曰：『必勿食言，累我无益。』乃示途令归。

时缪已僵卧三日，家人谓其醉死，而鼻息隐隐如悬丝。是日苏，大呕，呕出黑沈数斗，臭不可闻。吐已，汗湿裀褥，气味熏腾，与吐物无异，身始凉爽。告家人以异。旋觉刺处痛肿，隔夜成疮，犹幸不大溃腐。十日渐能杖行。家人共乞偿冥负，缪计所费，非数金不能办，颇生吝惜，曰：『曩或醉乡之幻境耳。纵其不然，伊以私释我，何敢复使冥王知？』家人劝之，不听。然心惕惕然，不敢复纵饮。里党咸喜其进德，稍稍与共酌。年余，冥报渐忘，志渐肆，故状渐萌。一日饮于子姓之家，又骂座，主人摈斥出，阖户径去。缪噪逾时，其子方知，扶持归家。入室，面壁长跪，自投无数，曰：『便偿尔负！便偿尔负！』言已仆地，视之气已绝矣。

注释

①拔贡：明清时，由各省提学考选学行兼优、累试优等的府、州、县学生员，贡入京师。明代称为「选贡」，清初称「拔贡」。

②大王：东灵大王，神话中与西王母对称的男神，居东方。道教称之为青灵始老君，为地仙。

③金币钱纸：旧时祭奠供焚化用的金裱纸钱，即纸陌。

卷五

鸦头

诸生[①]王文，东昌[②]人，少诚笃。薄游[③]于楚，过六河，休于旅舍，乃步门外。遇里戚赵东楼，大贾也，常数年不归。见王，相执甚欢，便邀临存。至其所，有美人坐室中，愕怪却步。赵曳之，又隔窗呼妮子去。王乃入。赵具酒馔，话温凉。王问：『此何处所？』答云：『此是小勾栏。余因久客，暂假床寝。』话间，妮子频来出入，王局促不安，离席告别，赵强捉令坐。

俄见一少女经门外过，望见王，秋波频顾，眉目含情，仪容娴婉，实神仙也。王素方直，至此惘然若失，便问：『丽者何人？』赵曰：『此媪次女，小字鸦头，年十四矣。缠头者[④]屡以重金啖媪，女执不愿，致母鞭楚，女以齿稚哀免。今尚待聘耳。』王闻言，俯首默然痴坐，酬应悉乖。赵戏之曰：『君倘垂意，当作冰斧。』王怃然曰：『此念所不敢存。』然日向夕绝不言去。赵又戏请之，王曰：『雅意极所感佩，囊涩奈何！』赵知女性激烈，必当不允，故许以十金为助。王拜谢趋出，罄资而至，得五数，强赵致媪，媪果少之。鸦头言于母曰：『母日责我不作钱树子，今请得如母所愿。我初学作人，报母有日，勿以区区放却财神去。』媪以女性拗执，但得允从，即甚欢喜。遂诺之，使婢邀王郎。赵难中悔，加金付媪。

王与女欢爱甚至。既，谓王曰：『妾烟花下流，不堪匹敌，既蒙缱绻，义即至重。君倾囊博此一宵欢，明日如何？』王泫然悲哽。女曰：『勿悲。妾委风尘[⑤]，实非所愿。顾未有敦笃如君可托者。请以宵遁。』王喜遽起，女亦起。听谯鼓已三下矣。女急易男装，草草偕出，叩主人扉。王故从双卫，托以急务，命仆便发。女以符系仆股并驴耳上，纵辔极驰，目不容启，耳后但闻风鸣，平明至汉

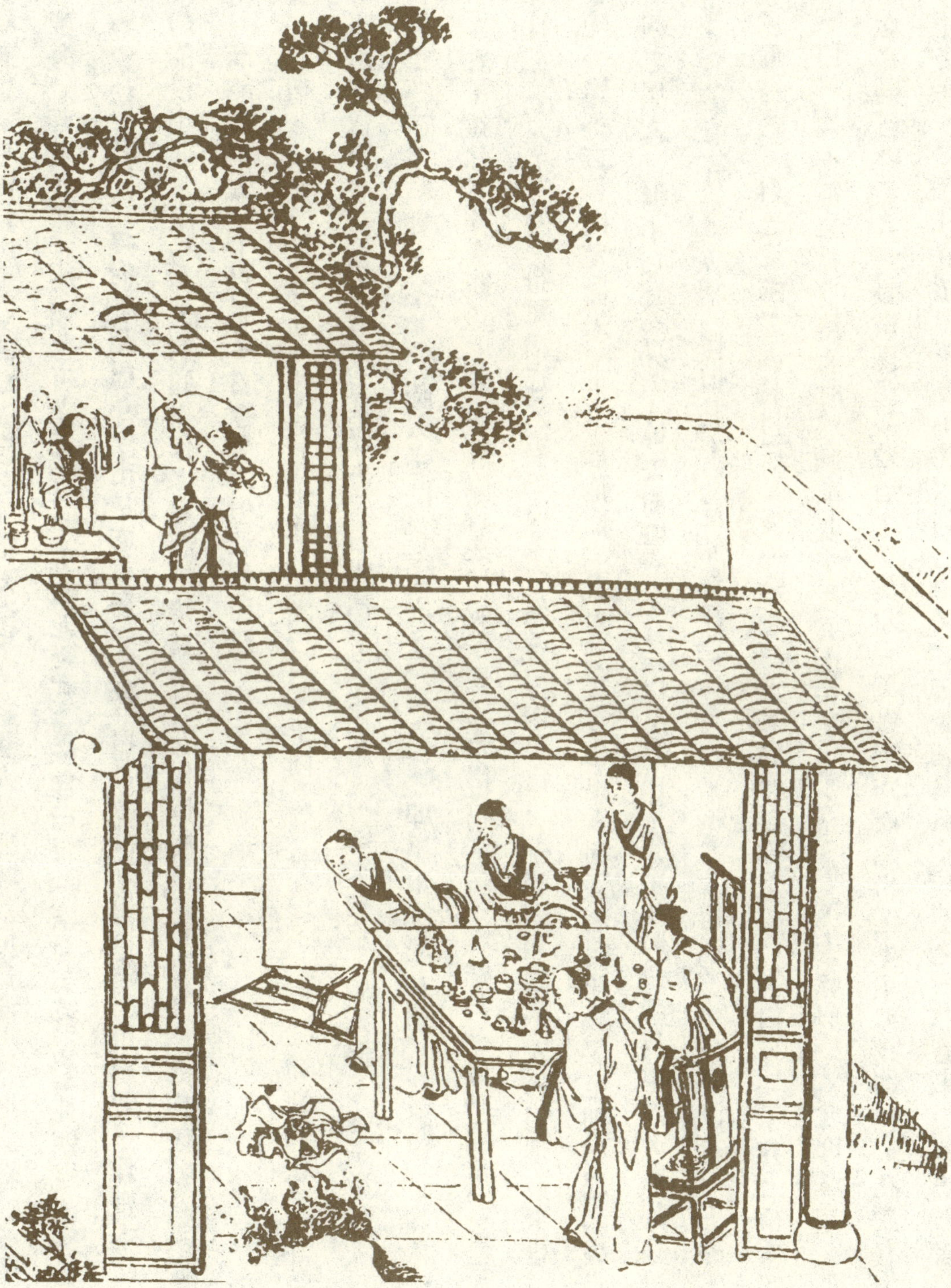

口，税屋而止。王惊其异，女曰：『言之，得无惧乎？妾非人，狐耳。母贪淫，日遭虐遇，心所积懑，今幸脱苦海。百里外即非所知，可幸无恙。』王略无疑贰，从容曰：『室对芙蓉，家徒四壁，实难自慰，恐终见弃置。』女曰：『何必此虑。今市货皆可居，三数口，淡薄亦可自给。可鬻驴子作资本。』王如言，即门前设小肆，王与仆人躬同操作，卖酒贩浆其中。女作披肩[6]，刺荷囊[7]，日获赢余，顾赡甚优。积年余，渐能蓄婢媪，王自是不着犊鼻，但课督而已。

女一日悄然忽悲，曰：『今夜合有难作，奈何！』王问之，女曰：『母已知妾消息，必见凌逼。若遣姊来吾无忧，恐母自至耳。』夜已央，自庆曰：『不妨，阿姊来矣。』居无何，妮子排闼入，女笑逆之。妮子骂曰：『婢子不羞，随人逃匿！老母令我缚去。』即出索子絷女颈。女怒曰：『从一者得何罪？』妮子益忿，捽女断衿。家中婢媪皆集，妮子惧，奔出。女曰：『姊归，母必自至。大祸不远，可速作计。』乃急办装，将更播迁。媪忽掩入，怒容可掬，曰：『我固知婢子无礼，须自来也！』女迎跪哀啼，媪不言，揪发提去。王徘徊怆恻，眠食都废，急诣六河，翼得贿赎。至则门庭如故，人物已非，问之居人，俱不知其所徙。悼丧而返。于是俵散客旅，囊资东归。后数年偶入燕都，过育婴堂[8]，见一儿，七八岁。仆人怪似其主，反复凝注之。王问：『看儿何说？』仆笑以对，王亦笑。细视儿，风度磊落。自念乏嗣，因其肖己，爱而赎之。诘其名，自称王孜。王曰：『子弃之襁褓，何知姓氏？』曰：『本师尝言，得我时，胸前有字，书山东王文之子。』王大骇曰：『我即王文，乌得有子？』念必同己姓名者，心窃喜，甚爱惜之。及归，见者不问而知为王生子。孜渐长，孔武有力，喜田猎，不务生产，乐斗好杀，王亦不能钳制之。又自言能见鬼狐，悉不之信。会里中有患狐者，请孜

往觇之。至则指狐隐处，令数人随指处击之，即闻狐鸣，毛血交落，自是遂安。由是人益异之。

王一日游市廛，忽遇赵东楼，巾袍不整，形色枯黯。惊问所来，赵惨然请间。王乃偕归，命酒。赵曰：『媪得鸦头，横施楚掠。既北徙，又欲夺其志。女矢死不二，因囚置之。生一男弃之曲巷，闻在育婴堂，想已长成，此君遗体也。』王出涕曰：『天幸孽儿已归。』因述本末。问：『君何落拓至此？』叹曰：『今而知青楼之好，不可过认真也。夫何言！』

先是，媪北徙，赵以负贩从之。货重难迁者，悉以贱售。途中脚直供亿，烦费不资，因大亏损，妮子索取尤奢。数年，万金荡然。媪见床头金尽，旦夕加白眼。妮子渐寄贵家宿，恒数夕不归。赵愤激不可耐，然亦无可如何。适媪他出，鸦头自窗中呼赵曰：『勾栏中原无情好，所绸缪者，钱耳。君依恋不去，将掇奇祸。』赵惧，如梦初醒。临行窃往视女，女授书使达王，赵乃归。因以此情为王述之。即出鸦头书，书云：『知孜儿已在膝下矣。妾之厄难，东楼君自能面悉。前世之孽，夫何可言！妾幽室之中，暗无天日，鞭创裂肤，饥火煎心，易一晨昏，如历年岁。君如不忘汉上雪夜单衾，迭互暖抱时，当与儿谋，必能脱妾于厄。母姊虽忍，要是骨肉，但嘱勿致伤残，是所愿耳。』王读之，泣不自禁，以金帛赠赵而去。

时，孜年十八矣，王为述前后，因示母书。孜怒眦欲裂，即日赴都，询吴媪居，则车马方盈。孜直入，妮子方与湖客饮，望见孜，愕立变色。孜骤进杀之，宾客大骇，以为寇。及视女尸，已化为狐。孜持刀径入，见媪督婢作羹。孜奔近室门，媪忽不见，孜四顾，急抽矢望屋梁射之，一狐贯心而堕，遂决其首。寻得母所，投石破扃，母子各失声。母问媪，曰：『已诛之。』母怨曰：『儿何不听吾言！』

命持葬郊野。孜伪诺之，剥其皮而藏之。检媪箱箧，尽卷金资，奉母而归。夫妇重谐，悲喜交至。既问吴媪，孜言：『在吾囊中。』惊问之，出两革以献。母怒，骂曰：『忤逆儿！何得此为！』号痛自挞，转侧欲死。王极力抚慰，叱儿瘗革。孜忿曰：『今得安乐所，顿忘挞楚耶？』母益怒，啼不止。孜葬皮反报，始稍释。

王自女归，家益盛。心德赵，报以巨金，赵始知母子皆狐也。孜承奉甚孝；然误触之，则恶声暴吼。女谓王曰：『儿有拗筋，不刺去，终当杀身倾产。』夜伺孜睡，潜絷其手足。孜醒曰：『我无罪。』母曰：『将医尔虐，其勿苦。』孜大叫，转侧不可开。女以巨针刺踝骨侧三四分许，用刀掘断，崩然有声，又于肘间脑际并如之。已乃释缚，拍令安卧。天明，奔候父母，涕泣曰：『儿早夜忆昔所行，都非人类！』父母大喜，从此温和如处女，乡里贤之。

异史氏曰：妓尽狐也。不谓有狐而妓者，至狐而鸨⑨，则兽而禽矣。灭理伤伦，其何足怪？至百折千磨，之死靡他，此人类所难，而乃于狐也得之乎？唐太宗谓魏徵更饶妩媚，吾于鸦头亦云。

注释

①诸生：明清时期经考试录取而进入府、州、县各级学校学习的生员的统称。

②东昌：旧府名，在今山东聊城。

③薄游：游览，游历。薄，语助词。

④缠头者：指嫖客。古时舞者以锦缠头，宾客以罗锦相赠，称为『缠头』。后来，泛指对妓女的赠予。

⑤委风尘：指沦落为妓。委，委身。风尘，指花街柳巷。

⑥披肩：旧时服饰名，是妇女披在肩头的一种服装，亦称『云肩』。

⑦荷囊：荷包。《通俗篇·服饰》：『今名小袷囊曰荷包，亦得缀袍处以见尊上。』

⑧育婴堂：旧时收养失去父母或被遗弃的婴儿的机构。

⑨鸨：鸨母。朱权《丹丘先生曲论》：『妓女之老者曰鸨。鸨似雁而大，无后趾，虎文；喜淫而无厌，诸鸟求之即就。』后因称妓女为鸨儿，称开妓院的女人为鸨母。

封三娘

范十一娘，曥城祭酒①之女，少艳美，骚雅尤绝②。父母钟爱之，求聘者辄令自择，女恒少所可。会上元日③，水月寺中诸尼作『盂兰盆会④』。是日，游女如云，女亦诣之。方随喜间，一女子步趋相从，屡望颜色，似欲有言。审视之，二八绝代姝也。悦而好之，转用盼注。女子微笑曰：『姊非范十一娘乎？』答曰：『然。』女子曰：『久闻芳名，人言果不虚谬。』十一娘亦审里居，女笑曰：『妾封氏，第三，近在邻村。』把臂欢笑，词致温婉，于是大相爱悦，依恋不舍。十一娘问：『何无伴侣？』曰：『父母早逝，家中止一老妪留守门户，故不得来。』十一娘将归，封凝眸欲涕，十一娘亦惘然，遂邀过从。封曰：『娘子朱门绣户，妾素无葭莩亲，虑致讥嫌。』十一娘固邀之。答：『俟异日。』十一娘乃脱金钗一股赠之，封亦摘髻上绿簪为报。十一娘既归，倾想殊切。出所赠簪，非金非玉，家人都不之识，甚异之。日望其来，怅然遂病。父母讯得故，使人于近村谘访，并无知者。时值重九，十一娘羸顿⑤无聊。倩侍儿强扶窥园，设褥东篱下。忽一女子攀垣来窥，觇之，则封女也。呼曰：『接我以力？』侍儿从之，蓦然遂

下。十一娘惊喜，顿起，曳坐褥间，责其负约，且问所来。答云：『妾家去此尚远，时来舅家作耍。前言近村者，缘舅家耳。别后悬思颇苦，然贫贱者与贵人交，足未登门，先怀惭怍，恐为婢仆下眼觑，是以不果来。适经墙外过，闻女子语，便一攀望，冀是小姐，今果如愿。』十一娘因述病源，封泣下如雨，因曰：『妾来当须秘密。造言生事者，飞短流长，所不堪受。』十一娘诺。偕归同榻，快与倾怀，病寻愈。订为姊妹，衣服履舄⑥，辄互易着。见人来，则隐匿夹幕间。

积五六月，公及夫人颇闻之。一日，两人方对弈，夫人掩入。谛视，惊曰：『真吾儿友也！』因谓十一娘：『闺中有良友，我两人所欢，胡不早言？』十一娘因达封意。夫人顾谓三娘曰：『伴吾儿，极所忻慰，何昧之？』封羞晕满颊，默然拈带而已。夫人去，封乃告别，十一娘苦留之，乃止。一夕，自门外匆忙奔入，泣曰：『我固谓不可留，今果遭此大辱！』惊问之。曰：『适出更衣⑦，一少年丈夫，横来相干，幸而得逃。如此，复何面目！』十一娘细诘形貌，谢曰：『勿须怪，此妾痴兄。会告夫人，杖责之。』封坚辞欲去。十一娘请待天曙。封曰：『舅家咫尺，但须一梯度我过墙耳。』十一娘知不可留，使两婢逾墙送之。行半里许，辞谢自去。婢返，十一娘扶床悲惋，如失伉俪。

后数月，婢以故至东村，暮归，遇封女从老妪来。婢喜，拜问，封亦恻恻，讯十一娘兴居。婢捉袂曰：『三姑过我。我家姑姑盼欲死！』封曰：『我亦思之，但不乐使家人知。归启园门，我自至。』婢归告十一娘，十一娘喜，从其言，则封已在园中矣。相见，各道间阔，绵绵不寐。视婢子眠熟，乃起，移与十一娘同枕，私语曰：『妾固知娘子未字。以才色门第，何患无贵介婿，然绔裤儿敖不足数，如欲得佳偶，请无以贫富论。』十一娘然之。封曰：『旧年邂逅处，今复作道场，明日再烦一往，当

令见一如意郎君。妾少读相人书，颇不参差。』昧爽封即去，约俟兰若，十一娘果往，封已先在。眺览一周，十一娘便邀同车。携手出门，见一秀才，年可十七八，布袍不饰，而容仪俊伟。封潜指曰：『此翰苑才也。』十一娘略睨之，封别曰：『娘子先归，我即继至。』入暮果至，曰：『我适物色甚详，其人即同里孟安仁也。』十一娘知其贫，不以为可。封曰：『娘子何堕世情哉！此人苟长贫贱者，予当抉眸子，不复相天下士矣。』十一娘曰：『且为奈何？』曰：『愿得一物，持与订盟。』十一娘曰：『姊何草草？父母在，不遂如何？』封曰：『妾此为，正恐其不遂耳。志若坚，生死何可夺也？』十一娘必不可。封曰：『娘子姻缘已动，而魔劫未消。所以故，来报前好耳。请即别，即以所赠金凤钗，矫命赠之。』十一娘方谋更商，封已出门去。

时孟生贫而多才，意将择耦，故十八犹未聘也。是日，忽睹两艳，归涉冥想。一更向尽，封三娘款门而入。烛之，识为日中所见，喜致诘问。曰：『妾封氏，范十一娘之女伴也。』生大悦，不暇细审，遽前拥抱。封拒曰：『妾非毛遂，乃曹丘生。十一娘愿缔永好，请倩冰也。』生愕然不信，封乃以钗示生。生喜不自已，矢曰：『劳眷注如此，仆不得十一娘，宁终鳏耳。』封遂去。生诘旦，浼邻媪诣范夫人。夫人贫之，竟不商女，立便却去。十一娘知之，心失所望，深恨封之误己也，而金钗难返，只须以死矢之。

又数日，有某绅为子求婚，恐不谐，浼邑宰作伐。时某方居权要，范公心畏之。以问十一娘，十一娘不乐，母诘之，默默不言，但有涕泪。使人潜告夫人，非孟生不嫁。公闻益怒，竟许某绅家；且疑十一娘有私意于生，遂涓吉速成礼。十一娘忿不食，日惟耽卧。至亲迎之前夕，忽起，揽镜

自妆，夫人窃喜。俄侍女奔曰：『小姐自缢死！』举家惊涕，痛悔无所复及。三日遂葬。

孟生自邻媪反命，愤恨欲绝。然遥遥探访，妄冀复挽。察知佳人有主，忿火中烧，万虑俱断矣。未几，闻玉葬香埋，愴然悲丧，恨不从丽人俱死。向晚出门，意将乘昏夜一哭十一娘之墓。欻有一人来，近之，则封三娘。向生道喜曰：『喜姻好可就矣。』生泫然曰：『卿不知十一娘亡耶？』封曰：『我所谓就者，正以其亡。可急唤家人发冢，我有异药能令苏。』生从之，发墓破棺，复掩其穴。生自负尸，与三娘俱归，置榻上，投以药，逾时而苏。顾见三娘，问：『此何所？』封指生曰：『此孟安仁也。』因告以故，始知复生。封惧漏泄，相将去五十里，避匿山村。

封欲辞去，十一娘乞留作伴，使别院居。因货殉葬之饰，用为资度，亦称小有。封每遇生来辄避去，十一娘从容曰：『吾姊妹骨肉不啻也，然终无百年聚。计不如效英、皇。』封曰：『妾少得异诀，吐纳可以长生，故不愿嫁耳。』十一娘笑曰：『世传养生术，汗牛充栋，行而效者谁也？』封曰：『妾所得非人世所知。世所传并非真诀，惟华陀五禽图差为不妄。凡修炼家，无非欲血气流通耳，若得厄逆症，作虎形立止，非其验耶？』十一娘阴与生谋，使伪为出者。入夜，强劝以酒，既醉，生潜入污之。三娘醒曰：『妹子害我矣！倘色戒不破，道成当升第一天。今堕奸谋，命耳！』乃起告辞。十一娘告以诚意而哀谢之。封曰：『实相告：我乃狐也。缘瞻丽容，忽生爱慕，如茧自缠，遂有今日。此乃情魔之劫，非关人力。再留则魔更生，无底止矣。娘子福泽正远，珍重自爱。』言已而逝。夫妻惊叹久之。

逾年，生乡、会果捷，官翰林。投刺谒范公，公愧悔不见；固请之，乃见。生入，执子婿礼，伏拜甚恭。公愧怒，疑生儇薄。生请间，具道情事。公不深信，使人探诸其家，方大惊喜。阴戒勿宣，惧有祸变。又二年，某绅以关节[8]发觉，父子充辽海军。十一娘始归宁焉。

注释

①祭酒：即国子监祭酒，古代学官名，为国子学或国子监的主管官。

②骚雅尤绝：工于诗词。骚，指《离骚》。雅，指《诗经》的《小雅》和《大雅》。

③上元日：指农历正月十五日。

④盂兰盆会：佛教节日『盂兰盆节』，也称『中元节』、鬼节。盂兰盆，梵语音译，解救苦难的意思。

⑤羸顿：消瘦憔悴。羸，瘦弱。顿，困顿。

⑥履舄：鞋。单底的鞋称为履，衬以木底后称为舄。

⑦更衣：换衣服，此处指上厕所。

⑧关节：暗中行贿，说人情。

狐梦

余友毕怡庵，倜傥不群[1]，豪纵自喜，貌丰肥，多髭，士林知名。尝以故至叔刺史公之别业，休憩楼上。传言楼中故多狐。毕每读青凤传，心辄向往，恨不一遇。因于楼上摄想凝思，既而归斋，日已寝暮。

时暑月燠热，当户而寝。睡中有人摇之，醒而却视则一妇人，年逾四十，而风韵犹存。毕惊起，问为谁，笑曰：『我狐也。蒙君注念，心窃感纳。』毕闻而喜，投以嘲谑。妇笑曰：『妾齿加长矣，纵人不见恶，先自渐沮。有小女及笄，可侍巾栉。明宵，无寓人于室，当即来。』言已而去。至夜，焚香坐伺，妇果携女至。态度娴婉，旷世无匹。妇谓女曰：『毕郎与有夙缘，即须留止。明旦早归，勿贪睡也。』毕乃握手入帏，款曲备至。事已笑曰：『肥郎痴重，使人不堪。』未明即去。既夕自来，曰：『姊妹辈将为我贺新郎，明日即屈同去。』问：『何所？』曰：『大姊作筵主，此去不远也。』毕果候之。良久不至，身渐倦惰。才伏案头，女忽入曰：『劳君久伺矣。』乃握手而行。奄至一处有大院落，直上中堂，则见灯烛荧荧，灿若星点。俄而主人至，年近二旬，淡妆绝美。敛衽称贺已，将践席，婢入曰：『二娘子至。』见一女子入，年可十八九，笑向女曰：『妹子已破瓜[2]矣。新郎颇如意否？』女以扇击背，白眼视之。二娘曰：『记儿时与妹相扑[3]为戏，妹畏人数胁骨，遥呵手指，即笑不可耐。便怒我，谓我当嫁僬侥国[4]小王子。我谓婢子他日嫁多髭郎，刺破小吻，今果然矣。』大娘笑曰：『无怪三娘子怒诅也！新郎在侧，直尔憨跳！』顷之，合尊促坐，宴笑甚欢。

忽一少女抱一猫至，年可十二三，雏发未燥，而艳媚入骨。大娘曰：『四妹妹亦要见姊丈耶？此无坐处。』因提抱膝头，取肴果饵之。移时，转置二娘怀中，曰：『压我胫股酸痛！』二姊曰：『婢子许大，身如百钧[5]重，我脆弱不堪；既欲见姊丈，姊丈故壮伟，肥膝耐坐。』乃捉置毕怀。入怀香软，轻若无人。毕抱与同杯饮，大娘曰：『小婢勿过饮，醉失仪容，恐姊丈所笑。』少女孜孜展笑，以手弄猫，猫戛然鸣。大娘曰：『尚不抛却，抱走蚤虱矣！』二娘曰：『请以狸奴为令，执箸交传，鸣处则饮。』众如其教。至毕辄鸣；毕故豪饮，连举数觥，乃知小女子故捉令鸣也，因大喧笑。二姊曰：『小妹子归休！压杀郎君，恐三姊怨人。』小女郎乃抱猫去。

大姊见毕善饮，乃摘髻子贮酒以劝。视髻仅容升许，然饮之觉有数斗之多。比干视之，则荷盖也。二娘亦欲相酬，毕辞不胜酒。二娘出一口脂合子，大于弹丸，酌曰：『既不胜酒，聊以示意。』毕视之，一吸可尽，接吸百口，更无干时。女在旁以小莲杯易合子去，曰：『勿为奸人所算。』置合案上，则一巨钵。二娘曰：『何预汝事！三日郎君，便如许亲爱耶！』毕持杯向口立尽。把之腻软；审之，非杯，乃罗袜一钩，衬饰工绝。二娘夺骂曰：『猾婢！何时盗人履子去，怪足冰冷也！』遂起，入室易舄。

女约毕离席告别，女送出村，使毕自归。瞥然醒寤，竟是梦景，而鼻口醺醺，酒气犹浓，异之。至暮女来，曰：『昨宵未醉死耶？』毕言：『方疑是梦。』女曰：『姊妹怖君狂噪，故托之梦，实非梦也。』女每与毕弈，毕辄负。女笑曰：『君日嗜此，我谓必大高着。今视之，只平平耳。』毕求指诲，女曰：『弈之为术，在人自悟，我何能益君？朝夕渐染，或当有益。』居数月，毕觉稍进。女试之，笑曰：『尚未，尚未。』毕出，与所尝共弈者游，则人觉其异，稍咸奇之。

毕为人坦直，胸无宿物，微泄之。女已知，责曰：『无惑乎同道者不交狂生也！屡嘱甚密，何尚尔尔？』怫然欲去。毕谢过不遑，女乃稍解，然由此来寝疏矣。积年余，一夕来，兀坐相向。与之弈，不弈；与之寝，不寝。怅然良久，曰：『君视我孰如青凤？』曰：『殆过之。』曰：『我自惭弗如。然聊斋与君文字交，请烦作小传，未必千载下无爱忆如君者。』曰：『夙有此志。曩遵旧嘱，故秘之。』女曰：『向为是嘱，今已将别，复何讳？』问：『何往？』曰：『妾与四妹妹为西王母征作花鸟使，不复得来矣。曩有姊行，与君家叔兄，临别已产二女，今尚未醮；妾与君幸无所累。』

毕求赠言，曰：『盛气平，过自寡。』遂起，捉手曰：『君送我行。』至里许，洒涕分手，曰：『役此有志，未必无会期也。』乃去。

康熙二十一年腊月十九日，毕子细述其异。因为志之。

注释

①倜傥不群：卓越豪迈，不同凡俗。

②破瓜：旧时文人拆『瓜』字为二八以纪年，指十六岁。《通俗编·妇女》：『俗以女子破身为破瓜，非也。瓜字破之为二八字，言其二八十六岁也。』此处指少女已婚。

③相扑：一种类似摔跤的体育活动。秦汉时期称为『角抵』，南北朝到南宋时期称为『相扑』。此处指相互打闹。

④僬侥国：神话中的矮人国。《史记·孔子世家》：『僬侥氏三尺，短之至也。』

⑤钧：古代重量单位，三十斤为一钧。

章阿端

卫辉戚生，少年蕴藉，有气敢任。时大姓有巨第，白昼见鬼，死亡相继，愿以贱售。生廉其直购居之。而第阔人稀，东院楼亭，蒿艾成林，亦姑废置。家人夜惊，辄相哗以鬼。两月余，丧一婢。无何，生妻以暮至楼亭，既归得疾，数日寻毙。家人益惧，劝生他徙，生不听。而块然无偶，栗自伤。婢仆辈又时以怪异相聒。生怒，盛气襆被，独卧荒亭中，留烛以觇其异。久之无他，亦竟睡去。

忽有人以手探被，反复扪搎。生醒视之，则一老大婢，挛耳蓬头，臃肿无度。生知其鬼，捉臂推之，笑曰：『尊范不堪承教！』婢惭，敛手蹀躞而去。少顷，一女郎自西北隅出，神情婉炒，闯然至灯下，怒骂：『何处狂生，居然高卧！』生起笑曰：『小生此间之地主，候卿讨房税耳。』遂起，裸而捉之。女急遁，生先趋西北隅阻其归路，女既穷，便坐床上。近临之，对烛如仙，渐拥诸怀。女笑曰：『狂生不畏鬼耶？将祸尔死！』生强解裙襦①，则亦不甚抗拒。已而自白曰：『妾章氏，小字阿端。误适荡子，刚愎不仁，横加折辱，愤悒夭逝，瘗此二十余年矣。此宅下皆坟冢也。』问：『老婢何人？』曰：『亦一故鬼，从妾服役。上有生人居，则鬼不安于夜室，适令驱君耳。』问：『扪搎何为？』笑曰：『此婢三十年未经人道，其情可悯，然亦太不自量矣。要之：馁怯者，鬼益侮弄之，刚肠者不敢犯也。』听邻钟响断，着衣下床，曰：『如不见猜，夜当复至。』

入夕果至，绸缪益欢。生曰：『室人不幸殂谢，感悼不释于怀。卿能为我致之否？』女闻之益戚，曰：『妾死二十年，谁一置念忆者！君诚多情，妾当极力。然闻投生有地矣，不知尚在冥司否。』逾夕告生曰：『娘子将生贵人家。以前生失耳环，挞婢，婢自缢死，此案未结，以故迟留。今尚寄药王②廊下，有监守者，妾使婢往行贿，或将来也。』生问：『卿何闲散？』曰：『凡枉死鬼不自投见，阎摩天子③不及知也。』二鼓向尽，老婢果引生妻而至。生执手大悲，妻含涕不能言。女别去，曰：『两人可话契阔，另夜请相见也。』生慰问婢死事。妻曰：『无妨，行结矣。』上床偎抱，款若平生之欢。由此遂以为常。

后五日，妻忽泣曰：『明日将赴山东，乖离苦长，奈何！』生闻言，挥涕流离，哀不自胜。

女劝曰：『妾有一策，可得暂聚。』共收涕询之。女请以钱纸十提，焚南堂杏树下，持贿押生者，俾缓时日，生从之。至夕妻至，曰：『幸赖端娘，今得十日聚。』生喜，禁女勿去，留与连床，暮以暨晓，惟恐欢尽。过七八日，生以限期将满，夫妻终夜哭。问计于女，女曰：『势难再谋。然试为之，非冥资百万不可。』生焚之如数。女来，喜曰：『妾使人与押生者关说，初甚难，既见多金，心始摇。今已以他鬼代生矣。』自此，白日亦不复去，令生塞户牖，灯烛不绝。

如是年余，女忽病瞀闷懊侬④，恍惚如见鬼状。妻抚之曰：『此为鬼病。』生曰：『端娘已鬼，又何鬼之能病？』妻曰：『不然。人死为鬼，鬼死为聻⑤。鬼之畏聻，犹人之畏鬼也。』生欲为聘巫医。曰：『鬼何可以人疗？邻媪王氏，今行术于冥间，可往召之。然去此十余里，妾足弱不能行，烦君焚刍马。』生从之。马方爇，即见婢女牵赤骝⑥，授绥⑦庭下，转瞬已杳。少间，与一老妪叠骑而来，絷马廊柱。妪入，切女十指。既而端坐，首蠋悚作态。仆地移时，蹶而起曰：『我黑山大王也。娘子病大笃，幸遇小神，福泽不浅哉！此业鬼为殃，不妨，不妨！但是病有瘳，须厚我供养，金百锭、钱百贯，盛筵一设，不得少缺。』妻一一嗷应。妪又仆而苏，向病者呵叱，乃已。既而欲去。妻送诸庭外，赠之以马，欣然而去。入视女郎，似稍醒。夫妻大悦，抚问之。女忽言曰：『妾恐不得再履人世矣。合目辄见冤鬼，命也！』因泣下。越宿，病益沉殆，曲体战栗，妄有所睹。拉生同卧，以首入怀，似畏扑捉。生一起，则惊叫不宁。如此六七日，夫妻无所为计。会生他出，半日而归，闻妻哭声，惊问，则端娘已毙床上，委蜕犹存。启之，白骨俨然。生大恸，以生人礼葬于祖墓之侧。

一夜，妻梦中呜咽，摇而问之，答云：『适梦端娘来，言其夫为聻鬼，怒其改节泉下，衔恨索命去，

乞我作道场。』生早起，即将如教。妻止之曰：『度鬼非君所可与力也。』乃起去。逾刻而来，曰：『余已命人邀僧侣。当先焚钱纸作用度。』生从之。日方落，僧众毕集，金铙法鼓，一如人世。妻每谓其聒耳，生殊不闻。道场既毕，妻又梦端娘来谢，言：『冤已解矣，将生作城隍之女。烦为转致。』

居三年，家人初闻而惧，久之渐习。生不在，则隔窗启禀。一夜，向生啼曰：『前押生者，今情弊漏泄，按责甚急，恐不能久聚矣。』数日果疾，曰：『情之所钟，本愿长死，不乐生也。今将永诀，得非数乎！』生皇遽求策，曰：『是不可为也。』问：『受责乎？』曰：『薄有所责。然偷生之罪大，偷死之罪小。』言讫不动。细审之，面庞形质，渐就澌灭矣。生每独宿亭中，冀有他遇，终亦寂然，人心遂安。

注释

①襦：上衣，短衣。

②药王：佛教菩萨名，传说中施良药治除众生身心病苦的菩萨。

③阎摩天子：即管理地狱的阎罗王，亦称『阎罗』、『阎王』。

④瞀闷懊侬：指神志昏迷。《素问·六元正纪大论》：『目赤心热，甚则苦闷懊侬。』瞀，昏乱。懊侬，烦躁不安。

⑤聻：迷信传说中鬼死后成为聻。《五音集韵》：『人人死作鬼，人见惧之；鬼死作聻，鬼见怕之。若篆书此字帖于门上，一切鬼祟，远离千里。』

⑥赤骝：红色的骏马。骝，黑鬣黑尾巴的红马，泛指骏马。

⑦绥：古代指登车时手挽的索。

花姑子

安幼舆，陕之拔贡生，为人挥霍好义，喜放生，见猎者获禽，辄①不惜重直买释之。会舅家丧葬，往助执绋②。暮归，路经华岳，迷窜山谷中，心大恐。一矢之外，忽见灯火，趋投之。数武中，欻见一叟，伛偻曳杖，斜径疾行。安停足，方欲致问，叟先诘谁何。安以迷途告，且言灯火处必是山村，将以投止。叟曰：『此非安乐乡。幸老夫来，可从去，茅庐可以下榻。』安大悦，从行里许，睹小村。叟扣荆扉，一妪出，启关曰：『郎子来耶？』叟曰：『诺。』

既入，则舍宇湫隘。叟挑灯促坐，便命随事具食。又谓妪曰：『此非他，是吾恩主。婆子不能行步，可唤花姑子来酾酒。』俄女郎以馔具入，立叟侧，秋波斜盼。安视之，芳容韶齿，殆类天仙。叟顾令煨酒。房西隅有煤炉，女郎入房拨火。安问：『此女公何人？』答云：『老夫章姓。七十年止有此女。田家少婢仆，以君非他人，遂敢出妻见子，幸勿哂也。』安问：『婿何家里？』答言：『尚未。』安赞其惠丽，称不容口。叟方谦挹，忽闻女郎惊号。叟奔入，则酒沸火腾。叟乃救止，诃曰：『老大婢，濡猛不知耶！』回首，见炉旁有薥心插紫姑未竟，又诃曰：『发蓬蓬许，裁如婴儿！』持向安曰：『贪此生涯，致酒腾沸。蒙君子奖誉，岂不羞死！』安审谛之，眉目袍服，制甚精工。赞曰：『虽近儿戏，亦见慧心。』

斟酌移时，女频来行酒，嫣然含笑，殊不羞涩。安注目情动。忽闻妪呼，叟便去。安觑无人，谓女曰：『睹仙容，使我魂失。欲通媒妁，恐其不遂，如何？』女抱壶向火，默若不闻，屡问不对。生渐入室，女起，厉色曰：『狂郎入闼，将何为！』生长跪哀之。女夺门欲去，安暴起要遮，狎接

朦胧。女颤声疾呼，叟匆遽入问。安释手而出，殊切愧惧。女从容向父曰：『酒复涌沸，非郎君来，壶子融化矣。』安闻女言，心始安妥，益德之。魂魄颠倒，丧所怀来。于是伪醉离席，女亦遂去。叟设裀褥，阖扉乃出。

安不寐，未曙，呼别。至家，即浼交好者造庐求聘，终日而返，竟莫得其居里。安遂命仆马，寻途自往。至则绝壁巉岩，竟无村落，访诸近里，此姓绝少。失望而归，并忘寝食。由此得昏瞀之疾，强啖汤粥，则唾喀欲吐，溃乱中，辄呼花姑子。家人不解，但终夜环伺之，气势阽危。一夜，守者困怠并寐，生蒙瞳中，觉有人揣而抗之。略开眸，则花姑子立床下，不觉神气清醒。熟视女郎，潸潸涕堕。女倾头笑曰：『痴儿何至此耶？』乃登榻，坐安股上，以两手为按太阳穴。安觉脑麝奇香，穿鼻沁骨。按数刻，忽觉汗满天庭，渐达肢体。小语曰：『室中多人，我不便住。三日当复相望。』又于绣袪中出数蒸饼置床头，悄然遂去。安至中夜，汗已思食，扪饼啖之。不知所苞何料，甘美非常，遂尽三枚。又以衣覆余饼，懵腾酣睡，辰分始醒，如释重负。三日饼尽，精神倍爽，乃遣散家人。又虑女来不得其门而入，潜出斋庭，悉脱扃键。

未几女果至，笑曰：『痴郎子！不谢巫耶？』安喜极，抱与绸缪，恩爱甚至。已而曰：『妾冒险蒙垢，所以故，来报重恩耳。实不能永谐琴瑟，幸早别图。』安默默良久，乃问曰：『素昧生平，何处与卿家有旧？实所不忆。』女不言，但云：『君自思之。』生固求永好。女曰：『屡屡夜奔固不可，常谐伉俪亦不能。』安闻言，悒悒而悲。女曰：『必欲相谐，明宵请临妾家。』安乃收悲以忻，问曰：『道路辽远，卿纤纤之步，何遂能来？』曰：『妾固未归。东头聋媪我姨行，为君故，淹留至今，家中恐

所疑怪。』安与同衾，但觉气息肌肤，无处不香。问曰：『熏何芗泽，致侵肌骨？』女曰：『妾生来便尔，非由熏饰。』安益奇之。女早起言别，安虑迷途，女约相候于路。安抵暮驰去，女果伺待，偕至旧所，叟媪欢逆。酒肴无佳品，杂具藜藿。既而请安寝，女子殊不瞻顾，颇涉疑念。更既深，女始至，曰：『父母絮絮不寝，致劳久待。』浃洽终夜，谓安曰：『此宵之会，乃百年之别。』安惊问之，答曰：『父以小村孤寂，故将远徙。与君好合，尽此夜耳。』安不忍释，俯仰悲怆。依恋之间，夜色渐曙。叟忽然闯入，骂曰：『婢子玷我清门，使人愧怍欲死！』女失色，草草奔出。叟亦出，且行且詈。安惊孱愕怯，无以自容，潜奔而归。

数日徘徊，心景殆不可过。因思夜往，逾墙以观其便。叟固言有恩，即令事泄，当无大谴。遂乘夜窜往，蹀躞山中，迷闷不知所往。大惧。方觅归途，见谷中隐有舍宇。喜诣之，则闬闳高壮，似是世家，重门尚未扃也。安向门者讯章氏之居。有青衣人出，问：『昏夜何人询章氏？』安曰：『是吾亲好，偶迷居向。』青衣曰：『男子无问章也。此是渠妗家，花姑即今在此，容传白之。』入未几，即出邀安。才登廊舍，花姑趋出迎，谓青衣曰：『安郎奔波中夜，想已困殆，可伺床寝。』少间，携手入帏。安问：『妗家何别无人？』女曰：『妗他出，留妾代守。幸与郎遇，岂非夙缘？』然偎傍之际，觉甚膻腥，心疑有异，女抱安颈，遽以舌舐鼻孔，彻脑如刺。安骇绝，急欲逃脱，而身若巨绠之缚，少时闷然不觉矣。

安不归，家中逐者穷人迹，或言暮遇于山径者。家人入山，则裸死危崖下。惊怪莫察其由，舁归。众方聚哭，一女郎来吊，自门外嗷咷而入。抚尸捺鼻，涕洟其中，呼曰：『天乎，天乎！何愚冥至此！』痛哭声嘶，移时乃已。告家人曰：『停以七日，勿殓也。』众不知何人，方将启问，女傲不为礼，含涕径出，留之不顾。尾其后，转眸已渺。群疑为神，谨遵所教。夜又来，哭如昨。至七夜，安忽苏，反侧以呻。家人尽骇。女子入，相向呜咽。安举手，挥众令去。女出青草一束，燂汤升许，即床头进之，顷刻能言。叹曰：『再杀之惟卿，再生之亦惟卿矣！』因述所遇。女曰：『此蛇精冒妾也。前迷道时，所见灯光，即是物也。』安曰：『卿何能起死人而肉白骨也？毋乃仙乎？』曰：『久欲言之，恐致惊怪。君五年前，曾于华山道上买猎獐而放之否？』曰：『然，其有之。』曰：『是即妾父也。前言大德，盖以此故。君前日已生西村王主政家。妾与父讼诸阎摩王，阎摩王弗善也。父愿坏道代郎死，哀之七日，始得当。今之邂逅，幸耳。然君虽生，必且痿痹不仁，得蛇血合酒饮之，病乃可除。』生衔恨切齿，而虑其无术可以擒之。女曰：『不难。但多残生命，累我百年不得飞升。其穴在老崖中，可于晡时聚茅焚之，外以强弩戒备，妖物可得。』言已，别曰：『妾不能终事，实所哀惨。然为君故，业行已损其七，幸悯宥也。月来觉腹中微动，恐是孽根。男与女，岁后当相寄耳。』流涕而去。

安经宿，觉腰下尽死，爬搔无所痛痒。乃以女言告家人。家人往，如其言，炽火穴中，有巨白蛇冲焰而出。数弩齐发，射杀之。火熄入洞，蛇大小数百头，皆焦且死。家人归，以蛇血进。安服三日，两股渐能转侧，半年始起。

后独行谷中，遇老媪以绷席抱婴儿授之，曰：『吾女致意郎君。』方欲问讯，瞥不复见。启襁视之，男也。抱归，竟不复娶。

注释

①辄：立即，就。

②执绋：绋，牵引灵车的绳索。古时送葬的人要牵着灵车的绳索行进，故称送葬为『执绋』。《礼记·曲礼上》：『助葬必执绋。』

西湖主

陈生弼教，字明允，燕人也。家贫，从副将军贾绾作记室。泊舟洞庭。适猪婆龙浮水面，贾射之中背。有鱼衔龙尾不去，并获之。锁置桅间，奄存气息，而龙吻张翕，似求援拯。生恻然心动，请于贾而释之。携有金创药，戏敷患处，纵之水中，浮沉逾刻而没。

后年余，生北归，复经洞庭，大风覆舟。幸扳一竹簏，漂泊终夜，绖木而止。援岸方升，有浮尸继至，则其僮仆。力引出之，已就毙矣。惨怛无聊，坐对憩息。但见小山耸翠，细柳摇青，行人绝少，无可问途。自迟明以至辰后，怅怅靡之。忽僮仆肢体微动，喜而扪之，无何，呕水数斗，豁然顿苏。相与曝衣石上，近午始燥可着。而枵肠辘辘①，饥不可堪。于是越山疾行，冀有村落。才至半山，闻鸣镝声。方疑听间，有二女郎乘骏马来，骋如撒菽。各以红绡抹额，髻插雉尾，着小袖紫衣，腰束绿锦；一挟弹，一臂青鞲。度过岭头，则数十骑猎于榛莽，并皆姝丽，装束若一。生不敢前。有男子步驰，似是驭卒，因就问之。答曰：『此西湖主猎首山也。』生述所来，且告之馁。驭卒解裹粮授之，嘱云：『宜即远避，犯驾当死！』生惧，疾趋下山。

茂林中隐有殿阁，谓是兰若。近临之，粉垣围沓，溪水横流，朱门半启，石桥通焉。攀扉一望，则台榭环云，拟于上苑，又疑是贵家园亭。逡巡而入，横藤碍路，香花扑人。过数折曲栏，又是别一院宇，垂杨数十株，高拂朱檐。山鸟一鸣，则花片乱飞；深巷微风，则榆钱自落。怡目快心，殆非人世。穿过小亭，有秋千一架，上与云齐，而湨索沉沉，杳无人迹。因疑地近闺阁，恇怯未敢深入。俄闻马腾于门，似有女子笑语。生与僮潜伏丛花中。未几，笑声渐近，闻一女子曰：『今日猎兴不佳，获禽绝少。』又一女曰：『非是公主射得雁落，几空劳仆马也。』无何，红妆数辈，拥一女郎至亭上坐。秃袖戎装，年可十四五。发多敛雾，腰细惊风，玉蕊琼英，未足方喻。诸女子献茗熏香，灿如堆锦。移时，女起，历阶而下。一女曰：『公主鞍马劳顿，尚能秋千否？』公主笑诺。遂有驾肩者，捉臂者，褰裙者，挽扶而上。公主舒皓腕，蹑利屣，轻如飞燕，蹴入云霄。已而扶下，群曰：『公主真仙人也！』嘻笑而去。

生睨良久，神志飞扬。追人声既寂，出诣秋千下，徘徊凝想。见篱下有红巾，知为群美所遗，喜纳袖中。登其亭，见案上设有文具，遂题巾曰：『雅戏何人拟半仙？分明琼女散金莲。广寒队里恐相妒，莫信凌波上九天。』题已，吟诵而出。复寻故径，则重门扃锢矣。踟蹰无计，返而楼阁亭台，涉历几尽。一女掩入，惊问：『何得来此？』生揖之曰：『失路之人，幸能垂救。』女问：『拾得红巾否？』生曰：『有之。然已玷染，如何？』因出之。女大惊曰：『汝死无所矣！此公主所常御，涂鸦若此，何能为地？』生失色，哀求脱免。女曰：『窃窥宫仪，罪已不赦。念汝儒冠，欲以私意相全，今孽乃自作，将何为计！』遂皇皇持巾去。生心悸肌栗，恨无翅翎，惟延颈俟死。迂久，女复来，潜贺曰：『子有生望矣！公主看巾三四遍，辗然无怒容，或当放君去。宜姑耐守，勿得攀树钻垣，

发觉不宥矣。』日已投暮，凶祥不能自必，而饿焰中烧，忧煎欲死。无何，女子挑灯至，一婢提壶榼，出酒食饷生。生急问消息，女云：『适我乘间言：「园中秀才，可恕则放之；不然，饿且死。」公主沉思云：「深夜教渠何之？」遂命馈君食。此非恶耗也。』生徊徨[2]终夜，危不自安。辰刻向尽，女子又饷之。生哀求缓颊，女曰：『公主不言杀，亦不言放，我辈下人，何敢屑屑[3]渎告？』既而斜日西转，眺望方殷，女子坌息急奔而入，曰：『殆矣！多言者泄其事于王妃，妃展巾抵地，大骂狂伧，祸不远矣！』生大惊，面如灰土，长跽请教。忽闻人语纷拿，女摇手避去。数人持索，汹汹入户，内一婢熟视曰：『将谓何人，陈郎耶？』遂止持索者，曰：『且勿且勿，待白王妃来。』返身急去。少间来，曰：『王妃请陈郎入。』生战惕从之。经数十门户，至一宫殿，碧箔银钩。即有美姬揭帘，唱：『陈生至。』上一丽者，袍服炫冶[4]。生伏地稽首曰：『万里孤臣，幸恕生命。』妃急起拽之，曰：『我非君子，无以有今日。婢辈无知，致迕佳客，罪何可赎！』即设筵，酌以镂杯。生茫然不解其故，妃曰：『再造之恩，恨无所报。息女蒙题巾之爱，当是天缘，今夕即遣奉侍。』生意出非望，神惝恍而无着。

日方暮，一婢前曰：『公主已严妆讫。』遂引生就帐。忽而笙管嗷嘈，阶上悉践花罽，门堂藩溷，处处皆笼烛。数十妖姬，扶公主交拜。麝兰之气，充溢殿庭。既而相将入帏，两相倾爱。生曰：『羁旅之臣，生平不省拜侍。点污芳巾，得免斧瓆，幸矣，反赐姻好，实非所望。』公主曰：『妾母，湖君妃子，乃扬江王女。旧岁归宁，偶游湖上，为流矢所中。蒙君脱免，又赐刀圭之药，一门戴佩，常不去心。郎勿以非类见疑。妾从龙君得长生诀，愿与郎共之。』生乃悟为神人，因问：『婢子何以相识？』

曰：『尔日洞庭舟上，曾有小鱼衔尾，即此婢也。』又问：『既不见诛，何迟迟不赐纵脱？』笑曰：『实怜君才，但不得自主。颠倒终夜，他人不及知也。』生叹曰：『卿，我鲍叔也。馈食者谁？』曰：『阿念，亦妾腹心。』生曰：『何以报德？』笑曰：『侍君有日，徐图塞责未晚耳。』问：『大王何在？』曰：『从关圣征蚩尤未归。』

居数日，生虑家中无耗，悬念綦切，乃先以平安书遣仆归。家中闻洞庭舟覆，妻子缞绖已年余矣。仆归，始知不死，而音闻梗塞，终恐漂泊难返。又半载，生忽至，裘马甚都，囊中宝玉充盈。由此富有巨万，声色豪奢，世家所不能及。七八年间，生子五人。日日宴集宾客，宫室饮馔之奉，穷极丰盛。或问所遇，言之无少讳。

有童稚之交梁子俊者，宦游南服十余年。归过洞庭，见一画舫：雕槛朱窗，笙歌幽细，缓荡烟波。时有美人推窗凭眺。梁目注舫中，见一少年丈夫，科头叠股其上，旁有二八姝丽，挼莎交摩。念必楚襄贵官，而驺从殊少。凝眸审谛，则陈明允也。不觉凭栏酣呼，生闻罢棹，出临鹢首[5]，邀梁过舟。见残肴满案，酒雾犹浓。生立命撤去。顷之，美婢三五，进酒烹茗，山海珍错，目所未睹。梁惊曰：『十年不见，何富贵一至于此！』笑曰：『君小觑穷措大[6]不能发迹耶？』问：『适共饮何人？』曰：『山荆耳。』梁又异之。问：『携家何往？』答：『将西渡。』梁欲再诘，生遽命歌以侑酒。一言甫毕，旱雷聒耳，肉竹嘈杂，不复可闻言笑。梁见佳丽满前，乘醉大言曰：『明允公，能令我真个销魂否？』生笑云：『足下醉矣！然有一美妾之资，可赠故人。』遂命侍儿进明珠一颗，曰：『绿珠不难购，明我非吝惜。』乃趣别曰：『小事忙迫，不及与故人久聚。』送梁归舟，开缆径去。

梁归，探诸其家，则生方与客饮，益疑。因问：『昨在洞庭，何归之速？』答曰：『无之。』梁乃追述所见，一座尽骇。生笑曰：『君误矣，仆岂有分身术耶？』众异之，而究莫解其故。后八十一岁而终。迨殡，讶其棺轻，开视，则空棺耳。

异史氏曰：竹簏不沉，红巾题句，此其中具有鬼神，要之皆恻隐之一念所通也。迨宫室妻妾，一身而两享其奉，则又不可解矣。昔有愿娇妻美妾、贵子贤孙，而兼长生不老者，仅得其半耳。岂仙人中亦有汾阳、季伦[7]耶？

注释

①枵肠辘辘：饥肠辘辘。枵，空虚。

②徊徨：徘徊，仿徨。《甘泉赋》：『徒徊徊以徨徨兮，魂渺渺而昏乱。』

③屑屑：指语言繁琐，唠叨。

④炫冶：光彩照人。

⑤鹢首：船头。古代船头上常画鸟的图案作为装饰，故称船头为『鹢首』。鹢，水鸟名。

⑥穷措大：旧时对贫寒读书人的讥称。措大，同『醋大』，指失意的读书人。

⑦汾阳、季伦：此处代指多子多孙、大富大贵之人。汾阳，指唐代名将郭子仪。唐玄宗时被封为朔方节度使，曾平定安史之乱，抵御回纥、吐蕃入侵，战功卓著。肃宗时封为汾阳郡王，尽享荣华富贵，子孙满堂。季伦，指晋代石崇。石崇，号季伦，曾任散骑常侍、荆州刺史，家资巨富。

伍秋月

秦邮王鼎字仙湖，为人慷慨有力，广交游。年十八，未娶，妻殒。每远游，恒经岁不返。兄鼐，江北名士，友于①甚笃。劝弟勿游，将为择偶。生不听，命舟抵镇江访友，友他出，因税居于逆旅阁上。江水澄波，金山在目，心甚快之。次日，友人来，请生移居，辞不去。居半月余，夜梦女郎，年可十四五，容华端妙，上床与合，既寤而遗。颇怪之，亦以为偶然。入夜，又梦之；如是三四夜。心大异，不敢息烛，身虽偃卧，惕然自警。才交睫，梦女复来，方狎，忽自惊寤，急开目，则少女如仙，俨然犹在抱也。见生醒，顿自愧怯。生虽知非人，意亦甚得，无暇问讯，直与驰骤。女若不堪，曰：『狂暴如此，无怪人不敢明告也。』生始诘之，答云：『妾伍氏秋月。先父名儒，邃于易数。常珍爱妾，但言不永寿，故不许字人。后十五岁果夭殁，即攒瘞阁东，令与地平，亦无冢志②，惟立片石于棺侧，曰：「女秋月，葬无冢，三十年，嫁王鼎。」今已三十年，君适至。心喜，亟欲自荐，寸心羞怯，故假之梦寐耳。』王亦喜，复求讫事。曰：『妾少须阳气，欲求复生，实不禁此风雨。后日好合无限，何必今宵。』遂起而去。次日复至，坐对笑谑，欢若平生。灭烛登床，开异生人，但女既起，则遗泄流离，沾染裀褥。

一夕，月明莹澈，小步庭中，问女：『冥中亦有城郭否？』答曰：『等耳。冥间城府，不在此处，去此可三四里。但以夜为昼。』问：『生人能见之否？』答云：『亦可。』生请往观，女诺之。乘月去，女飘忽若风，王极力追随，欻至一处，女言：『不远矣。』生瞻望殊无所见。女以唾涂其两眦，启之，明倍于常，视夜色不殊白昼。顿见雉堞③在杳霭中。路上行人，如趋墟市。俄二皂縶三四人过，末一

人怪类其兄；趋近视之，果兄，骇问：『兄那得来？』兄见生，潸然零涕，言：『自不知何事，强被拘囚。』王怒曰：『我兄秉礼君子，何至缧绁[④]如此！』便请二皂，幸且宽释。皂不肯，殊大傲睨，生恚，欲与争，兄止之曰：『此是官命，亦合奉法。但余乏用度，索贿良苦。弟归，宜措置。』生把兄臂，哭失声。皂怒，猛掣项索，兄顿颠蹶。生见之，忿火填胸，不能制止，即解佩刀，立决皂首。一皂喊嘶，生又决之。女大惊曰：『杀官使，罪不宥！迟则祸及！请即觅舟北发，归家勿摘提幡[⑤]，杜门绝出入，七日保无虑也。』王乃挽兄夜买小舟，火急北渡。归见吊客在门，知兄果死。闭门下钥，始入，视兄已渺，入室，则亡者已苏，便呼：『饿死矣！可急备汤饼。』时死已二日，家人尽骇，生乃备言其故。七日启关，去丧幡，人始知其复苏。亲友集问，但伪对之。

转思秋月，想念颇烦，遂复南下至旧阁，秉烛久待，女竟不至。朦胧欲寝，见一妇人来，曰：『秋月小娘子致意郎君：前以公役被杀，凶犯逃亡，捉得娘子去，见在监押，押役遇之虐。日日盼郎君，当谋作经纪。』王悲愤，便从妇去。至一城都，入西郭，指一门曰：『小娘子暂寄此间。』王入，见房舍颇繁，寄顿囚犯甚多，并无秋月。又进一小扉，斗室中有灯火。王近窗以窥，则秋月在榻上，掩袖呜泣。二役在侧，撮颐捉履，引以嘲戏，女啼益急。一役挽颈曰：『既为罪犯，尚守贞耶？』王怒，不暇语，持刀直入，一役一刀，摧斩如麻，篡取女郎而出，幸无觉者。裁至旅舍，蓦然即醒。方怪幻梦之凶，见秋月含睇[⑥]而立。生惊起曳坐，告之以梦。女曰：『真也，非梦也。』生惊曰：『且为奈何！』女叹曰：『此有定数。妾待月尽，始是生期。今已如此，急何能待！当速发瘗处，载妾同归，日频唤妾名，三日可活。但未满时日，骨软足弱，不能为君任井臼[⑦]耳。』言已，草草欲出。

又返身曰：『妾几忘之，冥追若何？生时，父传我符书，言三十年后可佩夫妇。』乃索笔疾书两符，曰：『一君自佩，一粘妾背。』

送之出，志其没处，掘尺许即见棺木，亦已败腐。侧有小碑，果如女言。发棺视之，女颜色如生。抱入房中，衣裳随风尽化。粘符已，以被褥严裹，负至江滨，呼拢泊舟，伪言妹急病，将送归其家。幸南风大竞，甫晓已达里门。抱女安置，始告兄嫂。一家惊顾，亦莫敢直言其惑。生启衾，长呼秋月，夜辄拥尸而寝。日渐温暖，三日竟苏，七日能步。更衣拜嫂，盈盈然神仙不殊。但十步之外，须人而行，不则随风摇曳，屡欲倾侧。见者以为身有此病，转更增媚。每劝生曰：『君罪孽太深，宜积德诵经以忏之。不然，寿恐不永也。』生素不佞佛[8]，至此皈依甚虔。后亦无恙。

异史氏曰：余欲上言定律：『凡杀公役者，罪减平人三等。』盖此辈无有不可杀者也。故能诛锄蠹役[9]者，即为循良；即稍苛之，不可谓虐。况冥中原无定法，倘有恶人，刀锯鼎镬，不以为酷。若人心之所快，即冥王之所善也。岂罪致冥追，遂可幸而逃哉？

注释

①友于：兄弟之间的友爱之情。《尚书·君陈》：『惟孝友于兄弟。』

②冢志：坟墓的标识。

③雉堞：城墙的垛口。

④缧绁：以绳索捆绑。

⑤提幡：旧时丧家挂在门上的白色丧幡。嘉庆四年《寿光县志》：『既殓后，以布八尺书死者姓氏树

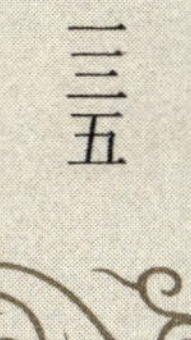

立门侧，亦有以格为之者。』

⑥含睇：眉目含情的样子。睇，斜视。

⑦任井臼：操持家务。井臼，指汲水、舂米。

⑧佞佛：沉迷于佛教。

⑨蠹役：作恶害民的差役。蠹，蛀虫。

莲花公主

胶州窦旭，字晓晖。方昼寝，见一褐衣人立榻前，逡巡惶顾，似欲有言。生问之，答云：『相公奉屈[①]。』生问：『相公何人？』曰：『近在邻境。』从之而出。转过墙屋，导至一外，叠阁重楼，万椽相接，曲折而行，觉万户千门，迥非人世。又见宫人[②]女官往来甚夥，都向褐衣人问曰：『窦郎来乎？』褐衣人诺。俄，一贵官出，迎见生甚恭，既登堂，生启问曰：『素既不叙，遂疏参谒。过蒙爱接，颇注疑念。』贵官曰：『寡君以先生清族世德，倾风结慕，深愿思晤焉。』生益骇，问：『王何人？』答云：『少间自悉。』

无何，二女官至，以双旌导生行。入重门，见殿上一王者，见生入，降阶而迎，执宾主礼。礼已，践席，列筵丰盛。仰视殿上一匾曰『桂府』。生局蹙不能致辞。王曰：『忝近芳邻，缘即至深。便当畅怀，勿致疑畏。』生唯唯，酒数行，笙歌作于下，钲鼓不鸣，音声幽细。稍间，王忽左右顾曰：『朕一言，烦卿等属对：「才人登桂府。」』四座方思，生即应云：『君子爱莲花。』王大悦曰：『奇哉！莲花

桂府

乃公主小字，何适合如此？宁非夙分？传语公主，不可不出一晤君子。』移时，佩环声近，兰麝[3]香浓，则公主至矣。年十六七，妙好无双。王命向生展拜，曰：『此即莲花小女也。』拜已而去。生睹之，神情摇动，木坐凝思。王举觞劝饮，目竟罔睹。王似微察其意，乃曰：『息女宜相匹敌，但自惭不类，如何？』生怅然若痴，即又不闻。近坐者蹑之曰：『王揖君未见，王言君未闻耶？』生茫乎若失，忪愣[4]自惭，离席曰：『臣蒙优渥[5]，不觉过醉，仪节失次，幸能垂宥。然日旰君勤[6]，即告出也。』王起曰：『既见君子，实惬心好，何仓卒而便言离也？卿既不住，亦无敢于强，若烦萦念，更当再邀。』遂命内官导之出。途中，内官语生曰：『适王谓可匹敌，似欲附为婚姻，何默不一言？』生顿足而悔，步步追恨，遂已至家。

忽然醒寤，则返照已残。冥坐观想，历历在目。晚斋灭烛，冀旧梦可以复寻，而邯郸路渺，悔叹而已。一夕，与友人共榻，忽见前内官来，传王命相召。生喜，从去，见王伏谒，王曳起，延止隅坐，曰：『别后知劳思眷。谬以小女子奉裳衣，想不过嫌也。』生即拜谢。王命学士[7]大臣，陪侍宴饮。酒阑，宫人前白：『公主妆竟。』俄见数十宫人拥公主出，以红锦覆首，凌波微步[8]，挽上氍毹[9]，与生交拜成礼。已而送归馆舍，洞房温清，穷极芳腻。生曰：『有卿在目，真使人乐而忘死。但恐今日之遭，乃是梦耳。』公主掩口曰：『明明妾与君，那得是梦？』诘旦方起，戏为公主匀铅黄[10]，已而以带围腰，布指度足。公主笑问曰：『君颠耶？』曰：『臣屡为梦误，故细志之。倘是梦时，亦足动悬想耳。』

调笑未已，一宫女驰入曰：『妖入宫门，王避偏殿，凶祸不远矣！』生大惊，趋见王。王执手泣曰：『君子不弃，方图永好。讵期孽降自天，国祚[11]将覆，且复奈何！』生惊问何说。王以案上

一章，授生启读。章曰：『含香殿大学士臣黑翼，为非常怪异，祈早迁都，以存国脉事。据黄门⑫报称：自五月初六日，来一千丈巨蟒盘踞宫外，吞食内外臣民一万三千八百余口，所过宫殿尽成丘墟，等因。臣奋勇前窥，确见妖蟒：头如山岳，目等江海。昂首则殿阁齐吞，伸腰则楼垣尽覆。真千古未见之凶，万代不遭之祸！社稷宗庙，危在旦夕！乞皇上早率宫眷，速迁乐土。』云云。生览毕，面如灰土。即有宫人奔奏：『妖物至矣！』合殿哀呼，惨无天日。王仓遽不知所为，但泣顾曰：『小女已累先生。』生坌息而返。公主方与左右抱首哀鸣，见生入，牵衿曰：『郎焉置妾？』生怆恻欲绝，乃捉腕思曰：『小生贫贱，惭无金屋。有茅庐三数间，姑同窜匿可乎？』公主含涕曰：『急何能择，乞携速往。』生乃挽扶而出。

未几至家，公主曰：『此大安宅，胜故国多矣。然妾从君来，父母何依？请别筑一舍，当举国相从。』生难之。公主曰：『不能急人之急，安用郎也！』生略慰解，即已入室。公主伏床悲啼，不可劝止。焦思无术，顿然而醒，始知梦也。而耳畔啼声，嘤嘤未绝，审听之，殊非人声，乃蜂子二三头，飞鸣枕上。大叫怪事。友人诘之，乃以梦告，友人亦诧为异。共起视蜂，依依裳袂间，拂之不去。友人劝为营巢，生如所请，督工构造。方竖两堵，而群蜂自墙外来，络绎如蝇，顶尖未合，飞集盈斗。迹所由来，则邻翁之旧圃也。圃中蜂一房，三十余年矣，生息颇繁。或以生事告翁，翁觇之，蜂户寂然。发其壁，则蛇据其中，长丈许，捉而杀之。乃知巨蟒即此物也。蜂入生家，滋息更盛，亦无他异。

注释

①奉屈：请您屈驾光临。

②宫人：宫女，古时宫廷里供役使的女子。

③兰麝：兰草和麝香，古人常用此熏香。

④忪俘：羞惭。

⑤优渥：厚遇。此处指盛情招待。渥，沾润。

⑥日旰君勤：指国君勤于政事。《左传·昭公十二年》：『日旰君勤，可以出矣。』旰，晚。勤，劳。

⑦学士：官名。明代设翰林院学士及翰林院侍读、侍讲学士。清代改翰林院学士为掌院学士。

⑧凌波微步：形容女子体态轻盈。曹植《洛神赋》：『凌波微步，罗袜生尘。』

⑨氍毹：毛织地毯。

⑩铅黄：古代女子敷面的化妆品。铅，铅粉，亦称铅华，为白色。黄，鸭黄，涂额的黄粉。温庭筠《湘宫人歌》：『黄粉楚宫人，芳花玉刻鳞。』

⑪国祚：国运。祚，福。

⑫黄门：宦官。东汉给事内廷的黄门令、中黄门诸官，都由宦者担任，故称宦官为黄门。

荷花三娘子

湖州宗相若，士人也。秋日巡视田垄，见禾稼茂密处，振摇甚动。疑之，越陌往觇，则有男女野合，一笑将返。即见男子腼然结带，草草径去。女子亦起。细审之。雅甚娟好。心悦之，欲就绸缪[1]，实惭鄙恶。乃略近拂拭曰：『桑中之游乐乎？』女笑不语。宗近身启衣，肤腻如脂，于是挼莎上下几遍，女笑曰：『腐秀才！要如何，便如何耳，狂探何为？』诘其姓氏。曰：『春风一度，即别东西，何劳审究？岂将留名字作贞坊耶？』宗曰：『野田草露中，乃山村牧猪奴所为，我不习惯。以卿丽质，即私约亦当自重，何至屑屑如此？』女闻言，极意嘉纳。宗言：『荒斋不远，请过留连。』女曰：『我出已久，恐人所疑，夜分可耳。』问宗门户物志甚悉，乃趋斜径，疾行而去。更初，果至宗斋。殢雨尤云②，备极亲爱。积有月日，密无知者。会有番僧卓锡村寺，见宗惊曰：『君身有邪气，曾何所遇？』答曰：『无之。』过数日，悄然忽病，女每夕携佳果饵之，殷勤抚问，如夫妻之好。然卧后必强宗与合。宗抱病，颇不耐之。心疑其非人，而亦无术暂绝使去。因曰：『曩和尚谓我妖惑，今果病，其言验矣。明日屈之来，便求符咒。』女惨然色变，宗益疑之。次日，遣人以情告僧。僧曰：『此狐也。其技尚浅，易就束缚。』乃书符二道，付嘱曰：『归以净坛一事置榻前，即以一符贴坛口。待狐窜入，急覆以盆，再以一符贴盆上。投釜汤烈火烹煮，少顷毙矣。』家人归，并如僧教。夜深，女始至，探袖中金橘，方将就榻问讯。忽坛口飕飕一声，女已吸入。家人暴起，覆口贴符，方欲就煮。宗见金橘散满地上，追念情好，怆然感动，遽命释之。揭符去覆，女子自坛中出，狼狈颇殆，稽首曰：『大道将成，一旦几为灰土！君仁人也，誓必相报。』遂去。

数日，宗益沉绵，若将陨坠。家人趋市，为购材木。途中遇一女子，问曰：『汝是宗湘若纪纲否？』答云：『是。』女曰：『宗郎是我表兄，闻病沉笃，将便省视，适有故不得去。灵药一裹，劳寄致之。』家人受归。宗念中表迄无姊妹，知是狐报。服其药，果大瘳，旬日平复。心德之，祷诸虚空，愿一再觏。一夜，闭户独酌，忽闻弹指敲窗。拔关出视，则狐女也。大悦，把手称谢，延止共饮。女曰：『别来耿耿，

思无以报高厚，今为君觅一良匹，聊足塞责否？』宗问：『何人？』曰：『非君所知。明日辰刻，早越南湖，如见有采菱女着冰縠帔者，当急趋之。苟迷所往，即视堤边有短干莲花隐叶底，便采归，以蜡火炸其蒂，当得美妇，兼致修龄。』宗谨受教。既而告别，宗固挽之。女曰：『自遭厄劫，顿悟大道。奈何以衾裯之爱，取人仇怨？』厉声辞去。

宗如言，至南湖，见荷荡佳丽颇多，中一垂髫人衣冰縠，绝代也。促舟劘逼，忽迷所往。即拨荷丛，果有红莲一枝，干不盈尺，折之而归。入门置几上，削蜡于旁，将以爇火。一回头，化为姝丽。宗惊喜伏拜。女曰：『痴生！我是妖狐，将为君祟矣！』宗不听。女曰：『谁教子者？』答曰：『小生自能识卿，何待教？』捉臂牵之，随手而下，化为怪石，高尺许，面面玲珑。乃携供案上，焚香再拜而祝之。入夜，杜门塞窦，惟恐其亡。平旦视之，即又非石，纱帔一袭，遥闻芗泽，展视领衿，犹存余腻。宗覆衾拥之而卧。暮起挑灯，既返，则垂髫人在枕上。喜极，恐其复化，哀祝而后就之。女笑曰：『孽障哉！不知何人饶舌，遂教风狂儿屑碎死！』乃不复拒。而款洽间若不胜任，屡乞休止。宗不听，女曰：『如此，我便化去！』宗惧而罢。

由是两情甚谐。而金帛常盈箱箧，亦不知所自来。女见人喏喏，似口不能道辞，生亦讳言其异。怀孕十余月，计日当产。入室，嘱宗杜门禁款者，自乃以刀割脐下，取子出，令宗裂帛束之，过宿而愈。又六七年，谓宗曰：『夙业[3]偿满，请告别也。』宗闻泣下，曰：『卿归我时，贫苦不自立，赖卿小阜[4]，何忍遽离逖？且卿又无邦族，他日儿不知母，亦一恨事。』女亦怅悒曰：『聚必有散，固是常也。儿福相，君亦期颐[5]，更何求？妾本何氏。倘蒙思眷，抱妾旧物而呼曰：「荷花三娘子！」当有见

耳。』言已解脱，曰：『我去矣。』惊顾间，飞去已高于顶。宗跃起，急曳之，捉得履。履脱及地，化为石燕⑥，色红于丹朱，内外莹彻，若水精然。拾而藏之。检视箱中，初来时所着冰縠帔尚在。每一忆念，抱呼『三娘子』，则宛然女郎，欢容笑黛。并肖生平，但不语耳。

友人云：『「花如解语还多事，石不能言最可人。」放翁佳句，可为此传写照。』

注释

①绸缪：原指紧缠密绕。《诗·唐风·绸缪》：『绸缪束薪，三星在天，今夕何夕，见此良人。』后据此形容男女相爱。

②殢雨尤云：指沉浸于男女欢情之中。殢、尤，沉溺。雨、云，借指男女欢爱。

③夙业：佛家指前生之业。业，梵语意译，泛指一切身心活动，对应着果报。

④阜：丰富。

⑤期颐：百岁。《礼记·曲礼上》：『百年曰期颐。』古人以百岁为寿数之限，故称『期』，人满百岁后，饮食起居无不靠人供养，故称『颐』。

⑥石燕：形状如燕的石头。传说中零陵（今湖南永州）山有石燕，遇雨则化为燕子，雨停后还为石块。

金生色

金生色，晋宁人也。娶同村木姓女。生一子，方周岁。金忽病，自分必死，谓妻曰：『我死，子必嫁，勿守也！』妻闻之，甘词厚誓，期以必死。金摇手呼母曰：『我死，劳看阿保，勿令守也。』

母哭应之。既而金果死。

木媪来吊，哭已，谓金母曰：『天降凶忧，婿遽遭殒命。女太幼弱，将何为计？』母悲悼中，闻媪言，不胜愤激，盛气对曰：『必以守！』媪惭而罢。夜伴女寝，私谓女曰：『人尽夫也。以儿好手足，何患无良匹？小儿女不早作人家，眈眈守此襁褓物，宁非痴乎？倘必令守，不宜以面目好相向。』金母过，颇闻絮语，益恚。明日，谓媪曰：『亡人有遗嘱，本不教妇守也。今既急不能待，乃必以守！』媪怒而去。

母夜梦子来，涕泣相劝，心异之。使人言于木，约殡后听妇所适。而询诸术家①，本年墓向不利。妇思自炫以售②，缞绖之中，不忘涂泽。居家犹素妆，一归宁，则崭然新艳。母知之，心弗善也，以其将为他人妇，亦隐忍之。于是妇益肆。村中有无赖子董贵者，见而好之，以金啖金邻妪，求通殷勤于妇。夜分，由妪家逾墙以达妇所，因与会合。往来积有旬日，丑声四塞，所不知者惟母耳。

妇室夜惟一小婢，妇腹心也。一夕，两情方洽，闻棺木震响，声如爆竹。婢在外榻，见亡者自幛后出，带剑入寝室去。俄闻二人骇诧声，少顷，董裸奔出；无何，金捽妇发亦出。妇大嗥，母惊起，见妇赤体走去，方将启关，问之不答。出门追视，寂不闻声，竟迷所往。入妇室，灯火犹亮。见男子履，呼婢，婢始战惕而出，具言其异，相与骇怪而已。董窜过邻家，团伏墙隅，移时，闻人声渐息，始起。身无寸缕，苦寒战甚，将假衣于媪。视院中一室，双扉虚掩，因而暂入。暗摸榻上，触女子足，知为邻子妇。顿生淫心，乘其寝，潜就私之。妇醒，问：『汝来乎？』应曰：『诺。』妇竟不疑，狎亵备至。先是，邻子以故赴北村，嘱妻掩户以待其归。既返，闻室内有声，疑而审听，音态绝秽。大怒，

操戈入室。董惧，窜于床下，子就戮之。又欲杀妻；妻泣而告以误，乃释之。但不解床下何人，呼母起，共火之，仅能辨认。视之，奄有气息。诘其所来，犹自供吐。而刃伤数处，血溢不止，少顷已绝。妪仓皇失措，谓子曰：『捉奸而单戮之，子且奈何？』子不得已，遂又杀妻。

是夜，木翁方寝，闻户外拉杂之声，出窥则火炽于檐，而纵火人犹彷徨未去。翁大呼，家人毕集，幸火初燃，尚易扑灭。命人操弓弩，逐搜纵火者，见一人趫捷如猿，竟越垣去。垣外乃翁家桃园，园中四缭周墉皆峻固。数人梯登以望，踪迹殊杳。惟墙下块然微动，问之不应，射之而软。启扉往验，则女子白身卧，矢贯胸脑。细烛之，则翁女而金妇也。骇告主人，翁媪惊惕欲绝，不解其故。女合眸，面色灰败，口气细于属丝。使人拔脑矢，不可出，足踏顶而后出之。女嘤然一声，血暴注，气亦遂绝。

翁大惧，计无所出。既曙，以实情白金母，长跽哀祈。而金母殊不怨怒，但告以故，令自营葬。金有叔兄生光，怒登翁门，诟数前非。翁惭沮，赂令罢归。而终不知妇所私者何人。俄邻子以执奸自首，既薄责释讫。而妇兄马彪素健讼，具词控妹冤。官拘妪，妪惧，悉供颠末。又唤金母，母托疾，令生光代质，具陈底里。于是前状并发，牵木翁夫妇尽出，一切廉得其情。木以诲女嫁，坐[3]纵淫，笞；使自赎，家产荡焉。邻妪导淫，杖之毙。案乃结。

异史氏曰：金氏子其神乎！谆嘱醮[4]妇，抑何明也！一人不杀，而诸恨并雪，可不谓神乎！邻媪诱人妇，而反淫己妇；木媪爱女，而卒以杀女。呜呼！『欲知后日因，当前作者是』，报更速于来生矣！

注释

①术家：指为人看风水、择墓地的术士。

②自炫以售：卖弄风姿，意欲改嫁。曹植《术自试表》：『夫自炫自媒者，士女之丑行也。』

③坐：定罪。

④醮：妇女改嫁。

彭海秋

莱州诸生彭好古，读书别业，离家颇远，中秋未归，岑寂无偶。念村中无可共语，惟邱生是邑名士，而素有隐恶，彭常鄙之。月既上，倍益无聊，不得已，折简邀邱。饮次，有剥啄者。斋僮出应门，则一书生，将谒主人。彭离度，肃客入。相揖环坐，便询族居。客曰：『小生广陵人，与君同姓，字海秋。值此良夜，旅邸倍苦。闻君高雅，遂乃不介而见。』视其人，布衣洁整，谈笑风流。彭大喜曰：『是我宗人。今夕何夕，遘此嘉客！』即命酌，款若夙好。察其意，似甚鄙邱。邱仰与攀谈，辄傲不为礼。彭代为之惭，因挠乱其词，请先以俚歌①侑饮。乃仰天再咳，歌『扶风豪士之曲』，相与欢笑。客曰：『仆不能韵，莫报「阳春②」。请代者可乎？』彭言：『如教。』客问：『莱城有名妓无也？』彭曰：『无。』

客默良久，谓斋僮曰：『适唤一人，在门外，可导入之。』僮出，果见一女子逡巡户外。引之入，年二八，已来，宛然若仙。彭惊绝，掖坐。衣柳黄帔，香溢四座。客便慰问：『千里颇烦跋涉也。』女

含笑唯唯。彭异之，便致研诘。客曰：『贵乡苦无佳人，适于西湖舟中唤得来。』谓女曰：『适舟中所唱「薄幸郎曲」，大佳，请再反之。』女歌云：『薄幸郎，牵马洗春沼。人声远，马声杳；江天高，山月小。掉头去不归，庭中空白晓。不怨别离多，但愁欢会少。眠何处？勿作随风絮。便是不封侯，莫向临邛去！』客于袜中出玉笛，随声便串；曲终笛止。彭惊叹不已，曰：『西湖至此，何止千里，咄嗟招来，得非仙乎？』客曰：『仙何敢言，但视万里犹庭户耳。今夕西湖风月，尤盛曩时，不可不一观也，能从游否？』彭留心以觇其异，诺曰：『幸甚。』客问：『舟乎，骑乎？』彭思舟坐为逸，答言：『愿舟。』客曰：『此处呼舟较远，天河中当有渡者。』乃以手向空中招曰：『船来！我等要西湖去，不吝价也。』无何，彩船一只，自空飘落，烟云绕之。众俱登。见一人持短棹，棹末密排修翎，形类羽扇，一摇则清风习习。舟渐上入云霄，望南游行，其驶如箭。逾刻，舟落水中。但闻弦管敖嘈，鸣声喤聒。出舟一望，月印烟波，游船成市。榜人罢棹，任其自流。细视，真西湖也。客于舱后，取异肴佳酿，欢然对酌。少间，一楼船渐近，相傍而行。隔窗以窥，中有三两人，围棋喧笑。客飞一觥向女曰：『引此送君行。』女饮间，彭依恋徘徊，惟恐其去，蹴之以足。女斜波送盼，彭益动，请要后期。女曰：『如相见爱，但问娟娘名字，无不知者。』客即以彭绫巾授女，曰：『我为若代订三年之约。』即起，托女子于掌中，曰：『仙乎，仙乎！』乃扳邻窗捉女入，窗目如盘，女伏身蛇游而进，殊不觉隘。俄闻邻舟曰：『娟娘醒矣。』舟即荡去。遥见舟已就泊，舟中人纷纷并去，游兴顿消。

遂与客言，欲一登崖，略同眺瞩。才作商榷，舟已自拢。因而离舟翔步，觉有里余。客后至，牵一马来，令彭捉之。即复去，曰：『待再假两骑来。』久之不至。行人亦稀，仰视斜月西转，天色向曙。

邱亦不知何往。捉马营营③，进退无主，振辔至泊舟所，则人船俱失。念腰橐空匮，倍益忧皇。天大明，见马上有小错囊；探之，得白金三四两。买食凝待，不觉向午。计不如暂访娟娘，可以徐察邱耗。比询娟娘名字，并无知者，兴转萧索。次日遂行。马调良，幸不蹇劣，半月始归。方三人之乘舟而上也，斋僮归白：「主人已仙去。」举家哀啼，谓其不返。彭归，系马而入，家人惊喜集问，彭始具白其异。因念独还乡井，恐邱家闻而致诘，戒家人勿播。语次，道马所由来。众以仙人所遗，便悉诣厩验视。及至，则马顿渺，但有邱生，以草缰絷枥边。骇极，呼彭出视。见邱垂首栈下，面色灰死，问之不言，两眸启闭而已。彭大不忍，解扶榻上，若丧魂魄，灌以汤酡，稍稍能咽。中夜少苏，急欲登厕，扶掖而往，下马粪数枚。又少饮啜，始能言。彭就榻研问之，邱云：「下船后，彼引我闲语，至空处，欢拍项领，遂迷闷颠踣。伏定少刻，自顾已马。心亦醒悟，但不能言耳。是大辱耻，诚不可以告妻子，乞勿泄也！」彭诺之，命仆马驰送归。

彭自是不能忘情于娟娘。又三年，以姊丈判扬州，因往省视。州有梁公子，与彭通家，开筵邀饮。即席有歌姬数辈，俱来祗谒④。公子问娟娘，家人白以疾。公子怒曰：「婢子声价自高，可将索子系之来！」彭闻娟娘名，惊问其谁。公子云：「此娼女，广陵第一人。缘有微名，遂倨而无礼。」彭疑名字偶同，然突突⑤自急，极欲一见之。无何，娟娘至，公子盛气排数。彭谛视，真中秋所见者也。谓公子曰：「是与仆有旧，幸垂原恕。」娟娘向彭审顾，似亦错愕。公子未遑深问，即命行觞。彭问：「『薄幸郎曲』犹记之否？」娟娘更骇，目注移时，始度旧曲。听其声，宛似当年中秋时。酒阑，公子命侍客寝。彭捉手曰：「三年之约，今始践耶？」娟娘曰：「昔日从人泛西湖，饮不数卮，忽若醉。蒙胧间，被一人携去置一村中，一僮引妾入，席中三客，君其一焉。后乘船至西湖，送妾自窗棂归，把手殷殷。每所凝念，谓是幻梦，而绫巾宛在，今犹什袭藏之。』彭告以故，相共叹咤。娟娘纵体入怀，哽咽而言曰：『仙人已作良媒，君勿以风尘可弃，遂舍念此苦海人。』彭曰：『舟中之约，未尝一日去心。卿倘有意，则泻囊货马，所不惜耳。』诘旦，告公子，又称贷于别驾，千金削其籍⑥，携之以归。偶至别业，犹能识当年饮处云。

异史氏曰：马而人，必其为人而马者也；使为马，正恨其不为人耳。狮象鹤鹏，悉受鞭策，何可谓非神人之仁爱乎？即订三年约，亦度苦海也。

注释

①俚歌：民间歌谣。

②阳春：古乐曲名，为高雅之乐，此处用以表示对别人歌曲的赞美。宋玉《对楚王问》：『客有歌于郢中者，其始曰下里巴人，国中属而和者数千人……其为阳春、白雪，国中属而和者不过数十人。』

③营营：徘徊。扬雄《校猎赋》：『羽骑营营。』

④祗谒：拜见。祗，恭敬。谒，进见。

⑤突突：形容心跳的声音。

⑥削其籍：从乐籍中除掉她的名字，此处指赎身。籍，指乐户或官妓的名册。

窦氏

南三复，晋阳世家也。有别墅，去所居十余里，每驰骑日一诣之。适遇雨，途中有小村，见一农人家，门内宽敞，因投止焉。近村人固皆威重南。少顷，主人出邀，跼蹐①甚恭，入其舍斗如。客既坐，主人始操篲，殷勤泛扫；既而泼蜜为茶。命之坐，始敢坐。问其姓名，自言：『廷章，姓窦。』未几，进酒烹雏，给奉周至。有笄女行炙，时止户外，稍稍露其半体，年十五六，端妙无比，南心动。雨歇既归，系念綦切。

越日，具粟帛往酬，借此阶进。是后常一过窦，时携肴酒，相与留连。女渐稔，不甚避忌，辄奔走其前。睨之，则低鬟微笑。南益惑焉，无三日不往者。一日值窦不在，坐良久，女出应客。南捉臂狎之，女惭急，峻拒曰：『奴虽贫，要嫁，何贵倨凌人也！』时南失偶，便揖之曰：『倘获怜眷，定不他娶。』女要誓；南指矢天日，以坚永约，女乃允之。自此为始，瞰窦他出，即过缱绻。女促之曰：『桑中之约，不可长也。日在帡幪②之下，倘肯赐以姻好，父母必以为荣，当无不谐。宜速为计！』南诺之。转念农家岂堪匹偶，姑假其词以因循之。

会媒来议婚于大家，初尚踌躇，既闻貌美财丰，志遂决。女以体孕，催并益急，南遂绝迹不往。无何，女临蓐，产一男。父怒搒女，女以情告，且言：『南要我矣。』窦乃释女，使人问南，南立即不承。窦乃弃儿。益扑女。女暗哀邻妇，告南以苦，南亦置之。女夜亡，视弃儿犹活，遂抱以奔南。款关而告阍者曰：『但得主人一言，我可不死。彼即不念我，宁不念儿耶？』阍人具以达南，南戒勿入。女倚户悲啼，五更始不复闻。至明视之，女抱儿坐僵矣。窦忿，讼之上官，悉以南不义，欲罪南。南惧，

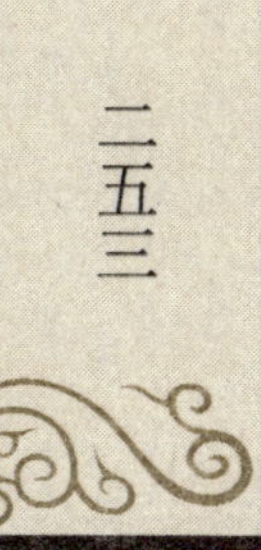

以千金行赂得免。

其大家梦女披发抱子而告曰：『必勿许负心郎；若许，我必杀之！』大家贪南富，卒许之。既亲迎，奁妆丰盛，新人亦娟好，然喜悲，终日未尝睹欢容，枕席之间，时复有涕洟。问之，亦不言。过数日，妇翁至，入门便泪，南未遑问故，相将入室。见女而骇曰：『适于后园，见吾女缢死桃树上，今房中谁也？』女闻言，色暴变，仆然而死。视之，则窦女。急至后园，新妇果自经死。骇极，往报窦。窦发女冢，棺启尸亡。前忿未蠲，倍益惨怒，复讼于官。官因其情幻，拟罪未决。南又厚饵窦，哀令休结；官亦受其赇嘱，乃罢。而南家自此稍替。又以异迹传播，数年无敢字者。

南不得已，远于百里外聘曹进士女。未及成礼，会民间讹传，朝廷将选良家女充掖庭③，以故有女者，悉送归夫家去。一日，有妪导一舆至，自称曹家送女者。扶女入室，谓南曰：『选嫔之事已急，仓卒不能如礼，且送小娘子来。』问：『何无客？』曰：『薄有奁妆，相从在后耳。』妪草草径去。南视女亦风致，遂与谐笑。女俯颈引带，神情酷类窦女。心中作恶，第未敢言。女登榻，引被幛首而眠，亦谓新人常态，弗为意。日敛昏，曹人不至，始疑。捋被问女，而女亦奄然冰绝。惊怪莫知其故，驰伻告曹，曹竟无送女之事。相传为异。时有姚孝廉女新葬，隔宿为盗所发，破材失尸。闻其异，诣南所征之，果其女。启衾一视，四体裸然。姚怒，质状于官，官因南屡行无理，恶之，坐发冢见尸，论死。

异史氏曰：始乱之而终成之，非德也，况誓于初而绝于后乎？挞于室，听之；哭于门，仍听之：抑何其忍！而所以报之者，亦比李十郎惨矣！

注释

①踽蹐：举止小心戒惧的样子。踽，弯腰。蹐，小步行走。

②帡幪：本指帐幕，后引申为庇护。

③充掖庭：意谓充当嫔妃、宫女。掖庭，皇宫中的旁舍，为嫔妃所居之处。徐陵《玉台新咏序》：『五陵豪族，充选掖庭；四姓良家，驰名永巷。』

马介甫

杨万石，大名[1]诸生也，生平有『季常之惧[2]』。妻尹氏，奇悍，少迕之，辄以鞭挞从事。杨父年六十余而鳏，尹以齿奴隶数[3]。杨与弟万钟常窃饵翁，不敢令妇知。然衣败絮，恐贻讪笑，不令见客。万石四十无子，纳妾王，旦夕不敢通一语。兄弟候试郡中，见一少年，容服都雅。与语，悦之，询其姓字，自云：『介甫，马姓。』由此交日密，焚香为昆季之盟[4]。既别，约半载，马忽携僮仆过杨。值杨翁在门外曝阳扪虱，疑为佣仆，通姓氏使达主人，翁披絮去。或告曰：『此即其翁也。』马方惊讶，杨兄弟岸帻出迎。登堂一揖，便请朝父，万石辞以偶恙。促坐笑语，不觉向夕，万石屡言具食而终不见至。兄弟迭互出入，始有瘦奴持壶酒来，俄顷饮尽。坐伺良久，万石频起催呼，额颊间热汗蒸腾。俄瘦奴以馔具出，脱粟失饪，殊不甘旨。食已，万石草草便去。万钟襆被来伴客寝，马责之曰：『曩以伯仲高义，遂同盟好。今老父实不温饱，行道者羞之！』万钟泫然[5]曰：『在心之情，卒难申致。家门不吉，蹇遭悍嫂，尊长细弱，横被摧残。非沥血之好，此丑不敢扬也。』马骇叹移时，曰：『我初欲早旦而行，今得此异闻，不可不一目见之。请假闲舍，就便自炊。』万钟从其教，即除室为马安顿。夜深窃馈蔬稻，惟恐妇知。马会其意，力却之，且请杨翁与同食寝。自诣城肆市布帛，为易袍袴，父子兄弟皆感泣。万钟有子喜儿方七岁，夜从翁眠。马抚之曰：『此儿福寿，过于其父，但少年孤苦耳。』妇闻老翁安饱，大怒，辄骂，谓马强预人家事。初恶声尚在闺闼，渐近马居，以示瑟歌之意。杨兄弟汗体徘徊，不能制止；而马若弗闻也者。妾王，体妊五月，妇始知之，褫衣惨掠。已，乃唤万石跪受巾帼，操鞭逐出。值马在外，惭惧不前，又追逼之，始出。妇亦随出，叉手顿足，观者填溢。马指妇叱曰：『去，去！』妇即反奔，若被鬼逐，裤履俱脱，足缠[⑥]萦绕于道上，徒跣而归，面色灰死。少定，婢进袜履，着已，嗷啕大哭。家无敢问者。马曳万石为解巾帼，万石耸身定息，如恐脱落，马强脱之，而坐立不宁，犹惧以私脱加罪。探妇哭已，乃敢入，趑趄而前。妇殊不发一语，遽起，入房自寝。万石意始舒，与弟窃奇焉。家人皆以为异，相聚偶语。妇微有闻，益羞怒，遍挞奴婢。呼妾，妾创剧不能起。妇以为伪，就榻搒之，崩注堕胎。万石于无人处，对马哀啼，马慰解之。呼僮具牢馔，更筹再唱，不放万石去。

妇在闺房恨夫不归，方大恚忿，闻撬扉声，急呼婢，则室门已辟。有巨人入，影蔽一室，狰狞如鬼；俄又有数人入，各执利刃。妇骇绝欲号，巨人以刀刺颈曰：『号便杀却！』妇急以金帛赎命。巨人曰：『我冥曹使者，不要钱，但取悍妇心耳！』妇益惧，自投败颡。巨人乃以利刃画妇心而数之曰：『如某事，谓可杀否？』即以画。凡一切凶悍之事，责数殆尽，刀画肤革不啻数十。末乃曰：『妾生子，亦尔宗绪，何忍打堕？此事必不可宥！』乃令数人反接其手，剖视悍妇心肠。妇叩头乞命，但言知悔。俄闻中门启闭，曰：『杨万石来矣。既已悔过，姑留余生。』纷然尽散。

无何，万石入，见妇赤身绷系，心头刀痕，纵横不可数。解而问之，得其故，大骇，窃疑马。明日，向马述之，马亦骇。由是妇威渐敛，经数月不敢出一恶语。马大喜，告万石曰：『实告君，幸勿宣泄，前以小术惧之。既得好合，请暂别也。』遂去。妇每日暮，挽留万石作侣，欢笑而承迎之。万石生平不解此乐，遽遭之，觉坐立皆无所可。妇一夜忆巨人状，瑟缩摇战。万石思媚妇意，微露其假。妇遽起，苦致穷诘。万石自觉失言，而不能悔，遂实告之。妇勃然大骂，万石惧，长跽床下。妇不顾，哀至漏三下，

妇曰：『欲得我恕，须以刀画汝心头如干数，此恨始消。』乃起捉厨刀。万石大惧而奔，妇逐之。犬吠鸡腾，家人尽起。万钟不知何故，但以身左右翼兄。妇乃诟詈，忽见翁来，睹袍服，倍益烈怒，即就翁身条条割裂，批颊而摘翁髭。万钟见之怒，以石击妇，中颅，颠蹶而毙。万钟曰：『我死而父兄得生，何憾！』遂投井中，救之已死。移时妇复苏，闻万钟死，怒亦遂解。

既殡，弟妇恋儿，矢不嫁。妇唾骂不与食，醮去之。遗孤儿，朝夕受鞭楚，俟家人食讫，始啖以冷块。积半岁，儿尪羸，仅存气息。一日马忽至，万石嘱家人，勿以告妇。马见翁褴褛如故，大骇；又闻万钟殒谢，顿足悲哀。儿闻马至，便来依恋，前呼马叔。马不能识，审顾始辩，惊曰：『儿何憔悴至此！』翁乃嗫嚅具道情事，马忿然谓万石曰：『我曩道兄非人，果不谬。两人止此一线，杀之，将奈何？』万石不言，惟伏首帖耳而泣。坐语数刻，妇已知之，不敢自出逐客，但呼万石入，批使绝马。含涕而出，批痕俨然。马怒之曰：『兄不能威，独不能断「出」耶？殴父杀弟，安然忍之，何以为人！』万石欠伸，似有动容。马又激之曰：『如渠不去，理须杀；即便杀却勿惧。仆有二三知交，都居要地，必合极力，保无亏也。』万石诺，负气疾行，奔而入。适与妇遇，叱问：『何为？』万石皇遽失色，以手据地曰：『马生教余出妇。』妇益恚，顾寻刀杖，万石惧而却步。马唾之曰：『兄真不可教也已！』遂开箧，出刀圭药，合水授万石饮。曰：『此丈夫再造散。所以不轻用者，以能病人故耳。今不得已，暂试之。』饮下，少顷，万石觉忿气填胸，如烈焰冲烧，刻不容忍，直抵闺闼，叫喊雷动。妇未及诘，万石以足腾起，妇颠去数尺有咫。即复握石成拳，擂击无算。妇体几无完肤，嘲喈犹詈。万石于腰中出佩刀。妇骂曰：『出刀子，

敢杀我耶？』万石不语，割股上肉大如掌，掷地下。方欲再割，妇哀鸣乞恕。万石不听，又割之。家人见万石凶狂，相集，死力掖出。马迎去，捉臂相用慰劳。万石余怒未息，屡欲奔寻，马止之。少间，药力消，嗒若丧。马嘱曰：『兄勿馁。乾纲之振，在此一举。夫人之所以惧者，非朝夕之故，其所由来者渐矣。譬之昨死而今生，须从此涤故更新。再一馁，则不可为矣。』遣万石入探入。妇股栗心慑，倩婢扶起，将以膝行。止之，乃已。出语马生，父子交贺。马欲去，父子共挽之。马曰：『我适有东海之行，故便道相过，还时可复会耳。』

月余妇起，宾事良人。久觉黔驴无技，渐狎，渐嘲，渐骂，居无何，旧态全作矣。翁不能堪，宵遁，至河南隶道士籍，万石亦不敢寻。年余马至，知其状，怫然责数已，立呼儿至，置驴子上，驱策径去。由此乡人皆不齿万石。学使案临，以劣行黜名。又四五年，遭回禄，居室财物，悉为煨烬，延烧邻舍。村人执以告郡，罚锾⑦烦苛。于是家产渐尽，至无居庐，近村相戒，无以舍舍万石。尹氏兄弟，怒妇所为，亦绝拒之。万石既穷，质妾于贵家，偕妻南渡。至河南界，资斧已绝。妇不肯从，聒夫再嫁。适有屠而鳏者，以钱三百货去。

万石一身，丐食于远村近郭间。至一朱门，阍人诃拒不听前。少间一官人出，万石伏地啜泣。官人熟视久之，略诘姓名，惊曰：『是伯父也！何一贫至此？』万石细审，知为喜儿，不觉大哭。从之入，见堂中金碧焕映。俄顷，父扶童子出，相对悲哽。万石始述所遭。初，马携喜儿至此，数日，即出寻杨翁来，使祖孙同居。又延师教读。十五岁入邑庠，次年领乡荐，始为完婚。乃别欲去，祖孙泣留之。马曰：『我非人，实狐仙耳。道侣相候已久。』遂去。孝廉言之，不觉恻楚。因念昔与庶伯母同受酷虐，

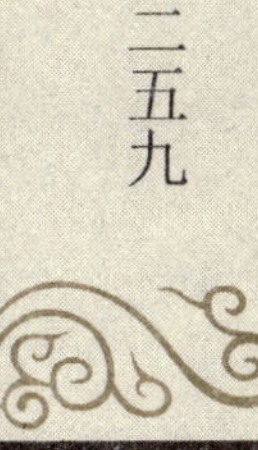

倍益感伤。遂以舆马赍金赎王氏归。年余生一子，因以为嫡。

尹从屠半载，狂悖犹昔。夫怒，以屠刀孔其股，穿以毛绠悬梁上，荷肉竟出。号极声嘶，邻人始知。解缚抽绠，一抽则呼痛之声，震动四邻。以是见屠来，则骨毛皆竖。后胫创虽愈，而断芒遗肉内，终不利于行，犹夙夜服役，无敢少懈。屠既横暴，每醉归，则挞詈不情。至此，始悟昔之施于人者，亦犹是也。一日，杨夫人及伯母烧香普陀寺，近村农妇并来参谒。尹在中帐立不前，王氏故问：『此伊谁？』家人进白：『张屠之妻。』便诃使前，与太夫人稽首。王笑曰：『此妇从屠，当不乏肉食，何羸瘠乃尔？』尹愧恨，归欲自经，绠弱不得死。屠益恶之。岁余，屠死。途遇万石，遥望之，以膝行，泪下如麻。万石碍仆，未通一言。归告侄，欲谋珠还，侄固不肯。妇为里人所唾弃，久无所归，依群乞以食。万石犹时就尹废寺中，侄以为玷，阴教群乞窘辱之，乃绝。

此事余不知其究竟，后数行，乃毕公权撰成之。

异史氏曰：惧内，天下之通病也。然不意天壤之间，乃有杨郎！宁非变异？余常作妙音经之续言，谨附录以博一噱：

『窃以天道化生万物，重赖坤成；男儿志在四方，尤须内助。同甘独苦，劳尔十月呻吟；就湿移干，苦矣三年颦笑。此顾宗祧而动念，君子所以有伉俪之求；瞻井臼而怀思，古人所以有鱼水之爱也。第阴教之旗帜日立，遂乾纲之体统无存。始而不逊之声，或大施而小报；继则如宾之敬，竟有往而无来。只缘儿女深情，遂使英雄短气。床上夜叉坐，任金刚亦须低眉；釜底毒烟生，即铁汉无能强项。秋砧之杵可掬，不捣月夜之衣；麻姑之爪能搔，轻试莲花之面。小受大走，直将代孟母投梭；妇唱夫随，翻欲起周婆制礼。婆娑跳掷，停观满道行人；嘲哳鸡嘶，扑落一群娇鸟。『恶乎哉！呼天吁地，忽尔披发向银床；丑矣夫！转目摇头，猥欲投缳延玉颈。当是时也：地下已多碎胆，天外更有惊魂。北宫黝未必不逃，孟施舍焉能无惧？将军气同雷电，一入中庭，顿归无何有之乡；大人面若冰霜，比到寝门，遂有不可问之处[8]。岂果脂粉之气，不势而威？胡乃肮脏之身，不寒而栗？犹可解者：魔女翘鬟来月下，何妨俯伏皈依？最冤枉者：鸠盘[9]蓬首到人间，也要香花供养。闻怒狮之吼，则双孔撩天；听牝鸡之鸣，则五体投地[10]。登徒子淫而忘丑，回波词怜而成嘲。设为汾阳之婿，立致尊荣，媚卿卿良有故；若赘外黄之家，不免奴役，拜仆仆将何求？彼穷鬼自觉无颜，任其斫树摧花，止求包荒于悍妇，如钱神可云有势，乃亦婴鳞犯制，不能借助于方兄。

『岂缚游子之心，惟兹鸟道？抑消霸王之气，恃此鸿沟？然死同穴，生同衾，何尝教吟「白首」？而朝行云，暮行雨，辄欲独占巫山。恨煞「池水清」，空按红牙玉板；怜尔妾命薄，独支永夜寒更。蝉壳鹭滩，喜骊龙[11]之方睡；犊车麈尾，恨驽马之不奔。榻上共卧之人，挞去方知为舅；床前久系之客，牵来已化为羊。需之殷者仅俄顷，毒之流者无尽藏。买笑缠头，而成自作之孽，太甲必曰难违；俯首帖耳，而受无妄之刑，李阳亦谓不可。酸风凛冽，吹残绮阁之春；酷海汪洋，淹断蓝桥之月。又或盛会忽逢，良朋即坐，斗酒藏而不设，且由房出逐客之书；故人疏而不来，遂自我《广绝交》之论。甚而雁影分飞，涕空沾于荆树；鸾胶再觅，变遂起于芦花。故饮酒阳城，一堂中惟有兄弟；吹竽商子，七旬余并无室家。古人为此，有隐痛矣。

『呜呼！百年鸳偶，竟成附骨之疽；五两鹿皮，或买剥床之痛。髯如戟者如是，胆似斗者何人？固

不敢于马栈下断绝祸胎，又谁能向蚕室中斩除孽本？娘子军肆其横暴，苦疗妒之无方；胭脂虎啖尽生灵，幸渡迷之有楫。天香夜爇，全澄汤镬之波；花雨晨飞，尽灭剑轮之火。极乐之境，彩翼双栖；长舌之端，青莲并蒂。拔苦恼于优婆之国，立道场于爱河之滨。咦！愿此几章贝叶文，洒为一滴杨枝水！』

注释

①大名：地名，即大名府，清属直隶，治所在今河北大名县。

②季常之惧：惧内、怕老婆。宋代陈慥，字季常，号方山子，又号龙丘先生。好谈佛论道，喜蓄声妓，其妻柳氏悍妒。苏轼《寄吴德仁兼陈季常》云：『龙丘居士亦可怜，谈空说有夜不限。忽闻河东师子吼，拄杖落手心茫然。』后据此以『河东狮吼』喻妻子悍妒，而以『季常之惧』喻丈夫惧内。

③齿奴隶数：列于奴隶，即视同奴仆。齿，列。

④昆季之盟：结拜为兄弟。昆季，兄弟，长者为昆，幼者为季。

⑤泫然：伤心流泪的样子。

⑥足缠：旧时女子裹足用的布条。

⑦罚锾：罚金。锾，古代重量单位。《尚书·吕刑》：『其罚百锾』。

⑧『将军』六句：意谓不管多么能干的文臣武将，在悍妇面前都将无能为力。中庭，家中。《庄子·逍遥游》：『今子有大树息其无用，何不树之无何有之乡，广莫之野。』

⑨鸠盘：指鸠盘茶。梵语的音译。为佛经中的鬼名。后来用以喻又老又丑的妇人。《御史台记》：『妇当畏者三：少妙之时，如生菩萨；及儿满前，如九子魔母；至五、六十时，傅粉妆扮，或青或黑，如坞盘茶。』

⑩五体投地：指两肘、两膝及头部及地的一种礼节仪式。《首楞严经》：『阿难闻已，重复悲泪，五体投地，长跪合掌，而向佛言。』此处指男子对悍妇的百般顺从。

⑪骊龙：黑色的龙。此处喻指凶悍的妇女。《庄子·列御寇》：『河上有家贫恃纬萧而食者，其子没于渊，得千金之珠。其父谓其子曰：取石来锻之。夫千金之珠，必在九重之渊，而骊龙颔下，子能得珠者，必遭其睡也。使骊龙而寤，子尚奚微之有哉！』

云翠仙

梁有才，故晋人，流寓于济作小负贩，无妻子田产。从村人登岱。当四月交，香侣杂沓，又有优婆夷、塞①，率男子以百十，杂跪神座下，视香炷为度，名曰：『跪香』。才视众中有女郎，年十七八而美，悦之。诈为香客，近女郎跪，又伪为膝困无力状，故以手据女郎足。女回首似嗔，膝行而远之。才亦膝行而近之，少间又据之。女郎觉，遽起，不跪，出门去。才亦起，出履其迹，不知其往，心无望，怏怏而行。途中见女郎从媪，似为女也母者，才趋之。

媪女行且语，媪云：『汝能参礼娘娘，大好事！汝又无弟妹，但获娘娘冥加护，护汝得快婿。但能相孝顺，都不必贵公子、富王孙也。』才窃喜，渐渍诘媪；媪自言为云氏，小女名翠仙，其出也。家西山四十里。才曰：『山路涩，母如此蹜蹜②，妹如此纤纤，何能便至？』曰：『日已晚，将寄舅家宿耳。』才曰：『适言相婿，不以贫嫌，不以贱鄙，我又未婚，颇当母意否？』媪以问女，女不应；媪数问，女曰：『渠寡福，又荡无行，轻薄之心，还易翻覆。儿不能为遢伎儿作妇。』才闻，朴诚

自表，切矢皦日。媪喜，竟诺之。女不乐，勃然而已。母又强拍咻之。

才殷勤，手于橐，觅山兜二，舁媪及女，己步从，若为仆。过隘，辄诃兜夫不得颠摇，意良殷。俄抵村舍，便邀才同入舅家。舅出翁，妗出媪也。云兄之嫂之，谓：『才吾婿。日适良，不须别择，便取今夕。』舅亦喜，出酒肴饵才。既，严妆翠仙出，拂榻促眠。女曰：『我固知郎不义，迫母命，漫相随。郎若人也，当不须忧偕活。』才唯唯听受。

明日早起，母谓才：『宜先去，我以女继至。』才归，扫户闼，媪果送女至。入视室中，虚无有，便云：『似此何能自给？老身速归，当小助汝辛苦。』遂去。次日，即有男女数辈，各携服食器具，布一室满之。不饭俱去，但留一婢。

才由此坐温饱，惟日引里无赖朋饮竞赌，渐盗女郎簪珥佐博。女劝之不听，颇不耐之，惟严守箱奁，如防寇。一日，博党款门访才，窥见女，适适然惊。戏谓才曰：『子大富贵，何忧贫耶？』才问故，答曰：『曩见夫人，真仙人也。适与子家道不相称。货为媵，金可得百；为妓，可得千。千金在室，而听饮博无资耶？』才不言，而心然之。归，辄向女欷歔，时时言贫不可度。女不顾，才频频击桌，抛箸，骂婢，作诸态。一夕女沽酒与饮，忽曰：『郎以贫故，日焦心。我又不能御贫③，分郎忧衷，岂不愧怍？但无长物，止有此婢，鬻之，可稍稍佐经营。』才摇首曰：『其值几何！』又饮少时，女曰：『妾于郎，有何不相承？但力竭耳。念一贫如此，便死相从，不过均此百年苦，有何发迹？不如以妾鬻贵家，两所便益，得值或较婢多。』才故愕言：『何得至此！』女固言之，色作庄。才喜曰：『容再计之。』遂缘中贵人，货隶乐籍④。中贵人亲诣才，见女大悦。恐不能即得，立券八百

绢⑤，事滨就矣。女曰：『母以婿家贫，常常萦念，今意断矣，我将暂归省；且郎与妾绝，何得不告母？』才虑母阻，女曰：『我顾自乐之，保无差贷。』才从之。

夜将半，始抵母家。挝阖入，见楼舍华好，婢仆辈往来憧憧。才日与女居，每请诣母，女辄止之。故为甥馆⑥年余，曾未一临岳家。至此大骇，以其家巨，恐媵妓所不甘从也。女引才登楼上，媪惊问：『夫妇何来？』女怨曰：『我固道渠不义，今果然。』乃于衣底出黄金二铤，置几上，曰：『幸不为小人赚脱，今仍以还母。』母骇问故，女曰：『渠将鬻我，故藏金无用处。』乃指才骂曰：『豺鼠子！曩日负肩担，面沾尘如鬼。初近我，熏熏作汗腥，肤垢欲倾塌，足手皴一寸厚，使人终夜恶。自我归汝家，安座餐饭，鬼皮始脱。母在前，我岂诬耶？』才垂首不敢少出气。女又曰：『自顾无倾城姿，不堪奉贵人；似若辈男子，我自谓犹相匹，有何亏负，遂无一念香火情？我岂不能起楼宇、买良沃？念汝儇薄骨、乞丐相，终不是白头侣！』言次，婢妪连衿臂，旋旋围绕之。闻女责数，便都唾骂，共言：『不如杀却，何须复云云！』才大惧，据地自投，但言知悔。女又盛气曰：『鬻妻子已大恶，犹未便是剧，何忍以同衾人赚作娼！』言未已，众眦裂，悉以锐簪、剪刀股攒刺胁踝。才号悲乞命，女止之，曰：『可暂释却。渠便无仁义，我不忍觳觫。』乃率众下楼去。

才坐听移时，语声俱寂，思欲潜遁。忽仰视，见星汉，东方已白，野色苍莽，灯亦寻灭。并无屋宇，身坐削壁上。俯瞰绝壑深无底，骇绝，惧堕。身稍移，塌然一声，随石崩坠，壁半有枯横焉，罥不得堕。以枯受腹，手足无着。下视茫茫，不知几何寻丈。不敢转侧，嗥怖声嘶，一身尽肿，眼耳鼻舌身力俱竭。日渐高，始有樵人望见之；寻绠来，缒而下，取置崖上，奄将溘毙。舁归其家，至则门洞敞，家荒荒如败寺，床簏什器俱杳，惟有绳床败案，是己家旧物，零落犹存。嗒然自卧，饥时日一乞食于邻，既而肿溃为癞。里党⑦薄其行，悉唾弃之。才无计，货屋而穴居，行乞于道，以刀自随。或劝以刀易饵，才不肯，曰：『野居防虎狼，用自卫耳。』后遇向劝鬻妻者于途，近而哀语，遽出刀揕而杀之，遂被收。官廉得其情，亦未忍酷虐之，系狱中，寻瘐死。

异史氏曰：得远山芙蓉，与共四壁，与之南面王岂易哉！已则非人，而怨逢恶之友，故为友者不可不知戒也。凡狭邪子诱人淫博，为诸不义，其事不败，虽则不怨亦不德。迨于身无襦，妇无裤，千人所指，无疾将死，穷败之念，无时不萦于心；穷败之恨，无时不加于齿。清夜牛衣中⑧，辗转不寐。夫然后历历⑨想未落时，历历想将落时，又历历想致落之故，而因以及发端致落之人。至于此，弱者起，拥絮坐诅，强者忍冻裸行，篝火索刀，霍霍磨之，不待终夜矣。故以善规人，如赠橄榄；以恶诱人，如馈漏脯⑩也。听者固当省，言者可勿戒哉！

注释

①优婆夷、塞：指优婆夷、优婆塞，梵语音译，即女居士、男居士。居士，指接受佛教五戒的佛教徒。

②踽踽：行走不便。

③御贫：对付贫穷。《诗·邶风·谷风》：『宴尔新婚，以我御穷。』

④隶乐籍：列名于乐户的名籍。乐户，指官妓。

⑤缗：穿钱的绳子。古时用绳子把铜钱串起来，一般一千钱为一串，称一缗。

⑥甥馆：本指女婿在岳父家的住所，后引申为女婿。古代称妻父为外舅，称婿为甥。

⑦里党：犹乡党，邻里。

⑧清夜牛衣中：身穿牛衣，在清夜扪心自问。清，冷。牛衣，用草编成的给牛御寒的衣物，后形容穷困。《汉书·王章传》：『章疾病，无被，卧牛衣中。』

⑨历历：分明可数，此谓一一分明地。

⑩漏脯：变质的干肉。脯，干肉。

颜氏

顺天某生，家贫。值岁饥，从父之洛。性钝，年十七，裁能成幅。而丰仪秀美，能雅谑，善尺牍[①]，见者不知其中之无有也。无何，父母继殁，孑然一身，授童蒙于洛汭。时村中颜氏有孤女，名士裔也。父在时尝教之读，一过辄记不忘。十数岁，学父吟咏，父曰：『吾家有女学士，惜不弁耳。』钟爱之，期择贵婿。父卒，母执此志，三年不遂，而母又卒。或劝适佳士，女然之而未就也。适邻妇逾垣来，就与攀谈。以字纸裹绣线，女启视，则某手翰，寄邻生者，反复之似爱好焉。邻妇窥其意，私语曰：『此翩翩一美少年，孤与卿等，年相若也。倘能垂意，妾嘱渠侬䀹合之。』女默默不语。妇归，以意授夫。邻生故与生善，告之，大悦。有母遗金鸦环[②]，托委致焉。刻日成礼，鱼水甚欢。

及睹生文，笑曰：『文与卿似是两人，如此，何日可成？』朝夕劝生研读，严如师友。敛昏，先挑烛据案自哦，为丈夫率，听漏三下，乃已。如是年余，生制艺颇通，而再试再黜，身名蹇落，饔飧不给，

抚情寂漠，嗷嗷悲泣。女诃之曰：『君非丈夫，负此弁耳！使我易髻而冠，青紫直芥视之！』生方懊丧，闻妻言，睒暘而怒曰：『闺中人，身不到场屋，便以功名富贵似在厨下汲水炊白粥；若冠加于顶，恐亦犹人耳！』女笑曰：『君勿怒。俟试期，妾请易装相代。倘落拓如君，当不敢复藐天下士矣。』生亦笑曰：『卿自不知蘖苦，直宜使请尝试之。但恐绽露，为乡邻笑耳。』女曰：『妾非戏语。君尝言燕有故庐，请男装从君归，伪为弟。君以襁褓出，谁得辨其非？』生从之。女入房，巾服而出，曰：『视妾可作男儿否？』生视之，俨然一少年也。生喜，遍辞里社。交好者薄有馈遗，买一羸蹇，御妻而归。

生叔兄尚在，见两弟如冠玉，甚喜，晨夕恤顾之。又见宵旰攻苦[3]，倍益爱敬。雇一剪发雏奴为供给使，暮后辄遣去之。乡中吊庆，兄自出周旋，弟惟下帷读。居半年，罕有睹其面者。客或请见，兄辄代辞。读其文，蝦然骇异。或排闼入而迫之，一揖便亡去。客见丰采，又共倾慕，由此名大噪，世家争愿赘焉。叔兄商之，惟龃然笑。再强之，则言：『矢志青云，不及第，不婚也。』会学使案临，两人并出。兄又落；弟以冠军应试，中顺天第四。明年成进士，授桐城令，有吏治。寻迁河南道掌印御史，富埒王侯。因托疾乞骸骨[4]，赐归田里。宾客填门，迄谢不纳。

又自诸生以及显贵，并不言娶，人无不怪之者。归后渐置婢，或疑其私，嫂察之，殊无苟且。无何，明鼎革，天下大乱。乃告嫂曰：『实相告：我小郎妇也。以男子阘茸，不能自立，负气自为之。深恐播扬，致天子召问，贻笑海内耳。』嫂不信。脱靴而示之足，始愕，视靴中则絮满焉。于是使生承其衔，仍闭门而雌伏矣。而生平不孕，遂出资购妾。谓生曰：『凡人置身通显，则买姬媵以自奉，我宦迹十年犹一身耳。君何福泽，坐享佳丽？』生曰：『面首三十人，请卿自置耳。』相传为笑。是时生

父母，屡受覃恩[⑤]矣。缙绅拜往，尊生以侍御礼。生羞袭闺衔，惟以诸生自安，终身未尝舆盖云。

异史氏曰：翁姑受封于新妇，可谓奇矣。然侍御而夫人也者，何时无之？但夫人而侍御者少耳。天下冠儒冠、称丈夫者，皆愧死矣！

注释

①尺牍：书信。古时信札长约一尺，故称书信为『尺牍』。牍，供书写的木简。

②金鸦环：饰有金乌的金戒指。金鸦，犹金乌，传说太阳中有三足乌称金乌，故以之指太阳。

③宵旰攻苦：从早到晚地用功读书。宵，天不亮。旰，天晚。攻，攻读。

④乞骸骨：旧时官员因老病而上疏朝廷，请求准予退职，叫『乞骸骨』。《史记·项羽本纪》：『范增大怒曰：天下事大定矣，君王自为之。愿赐骸骨归卒伍！』

⑤覃恩：深恩。此处指受到朝廷封赐。

小谢

渭南[①]姜部郎[②]第，多鬼魅，常惑人，因徙去。留苍头[③]门之而死，数易皆死，遂废之。里有陶生望三者，夙倜傥，好狎妓，酒阑辄去之。友人故使妓奔就之，亦笑内不拒，而实终夜无所沾染。常宿部郎家，有婢夜奔，生坚拒不乱，部郎以是契重之。家綦贫，又有『鼓盆之戚[④]』；茅屋数椽，溽暑不堪其热，因请部郎假废第。部郎以其凶故却之，生因作《续无鬼论》[⑤]献部郎，且曰：『鬼何能为！』部郎以其请之坚，诺之。

生往除厅事⑥。薄暮，置书其中，返取他物，则书已亡。怪之，仰卧榻上，静息以伺其变。食顷，闻步履声，睨之，见二女自房中出，所亡书送还案上。一约二十，一可十七八，并皆姝丽。逡巡立榻下，相视而笑。生寂不动。长者翘一足踹生腹，少者掩口匿笑。生觉心摇摇若不自持，即急肃然端念，卒不顾。女近以左手捋髭，右手轻批颐颊作小响，少者益笑。生骤起，叱曰：『鬼物敢尔！』二女骇奔而散。生恐夜为所苦，欲移归，又耻其言不掩，乃挑灯读。暗中鬼影憧憧，略不顾瞻。夜将半，烛而寝。始交睫，觉人以细物穿鼻，奇痒大嚏，但闻暗处隐隐作笑声。生不语，假寐以俟之。俄见少女以纸条拈细股，鹤行鹭伏而至，生暴起诃之，飘窜而去。既寝，又穿其耳。终夜不堪其扰。鸡既鸣，乃寂无声，生始酣眠，终日无所睹闻。

既日下，恍惚出现。生遂夜炊，将以达旦。长者渐曲肱几上观生读，既而掩生卷。生怒捉之，即已飘散；少间，又抚之。生以手按卷读。少者潜于脑后，交两手掩生目，瞥然去，远立以哂。生指骂曰：『小鬼头！捉得便都杀却！』女子即又不惧。因戏之曰：『房中纵送，我都不解，缠我无益。』二女微笑，转身向灶，析薪溲米，为生执爨。生顾而奖之曰：『两卿此为，不胜憨跳耶？』俄顷粥熟，争以匕⑦、箸、陶碗置几上。生曰：『感卿服役，何以报德？』女笑云：『饭中溲合⑧砒、酖矣。』生曰：『与卿夙无嫌怨，何至以此相加。』啜已复盛，争为奔走。生乐之，习以为常。

日渐稔，接坐倾语，审其姓名。长者云：『妾秋容乔氏，彼阮家小谢也。』又研问所由来，小谢笑曰：『痴郎！尚不敢一呈身，谁要汝问门第，作嫁娶耶？』生正容曰：『相对丽质，宁独无情；但阴冥之气，中人必死。不乐与居者，行可耳；乐与居者，安可耳。如不见爱，何必玷两佳人？如果见爱，

何必死一狂生？』二女相顾动容，自此不甚虐弄之。然时而探手于怀，捋裤于地，亦置不为怪。

一日，录书未卒业而出，返则小谢伏案头，操管代录。见生，掷笔睨笑。近视之，虽劣不成书，而行列疏整。生赞曰：『卿雅人也！苟乐此，仆教卿为之。』乃拥诸怀，把腕而教之画。秋容自外入，色乍变，意似妒。小谢笑曰：『童时尝从父学书，久不作，遂如梦寐。』秋容不语。生喻其意，伪为不觉者，遂抱而授以笔，曰：『我视卿能此否？』作数字而起，曰：『秋娘大好笔力！』秋容乃喜。生于是折两纸为范，俾共临摹，生另一灯读。窃喜其各有所事，不相侵扰。仿毕，祗立几前，听生月旦。秋容素不解读，涂鸦不可辨认，花判[9]已，自顾不如小谢，有惭色。生奖慰之，颜霁。二女由此师事生，坐为抓背，卧为按股，不惟不敢侮，争媚之。逾月，小谢书居然端好，生偶赞之。秋容大惭，粉黛淫淫，泪痕如线，生百端慰解之乃已。因教之读，颖悟非常，指示一过，无再问者。与生竞读，常至终夜。小谢又引其弟三郎来拜生门下，年十五六，姿容秀美，以金如意一钩为贽。生令与秋容执一经，满堂咿唔，生于此设鬼帐焉。部郎闻之喜，以时给其薪水。积数月，秋容与三郎皆能诗，时相酬唱。小谢阴嘱勿教秋容，生诺之；秋容阴嘱勿教小谢，生亦诺之。一日生将赴试，二女涕泪相别。三郎曰：『此行可以托疾免；不然，恐履不吉。』生以告疾为辱，遂行。先是，生好以诗词讥切时事，获罪于邑贵介，日思中伤之。阴赂学使，诬以行简，淹禁狱中。资斧绝，乞食于囚人，自分已无生理。忽一人飘忽而入，则秋容也，以馔具馈生。相向悲咽，曰：『三郎虑君不吉，今果不谬。三郎与妾同来，赴院申理矣。』数语而出，人不之睹。越日部院出，三郎遮道声屈，收之。秋容入狱报生，返身往侦之，三日不返。生愁饿无聊，度日如年。忽小谢至，怆惋欲绝，言：『秋容归，经由城隍祠，被西廊黑判强摄去，逼充御媵。秋容不屈，今亦幽囚。妾驰百里，奔波颇殆；至北郭，被老棘刺吾足心，痛彻骨髓，恐不能再至矣。』因示之足，血殷凌波[10]焉。出金三两，跛踦而没。部院勘三郎，素非瓜葛，无端代控，将杖之，扑地遂灭。异之。览其状，情词悲恻。提生面鞫，问：『三郎何人？』生伪为不知。部院悟其冤，释之。既归，竟夕无一人。更阑，小谢始至，惨然曰：『三郎在部院，被廨神押赴冥司；冥王因三郎义，令托生富贵家。秋容久锢，妾以状投城隍，又被按阁不得入，且复奈何？』生忿然曰：『黑老魅何敢如此！明日仆其像，践踏为泥，数城隍而责之。案下吏暴横如此，渠在醉梦中耶！』悲愤相对，不觉四漏将残，秋容飘然忽至。两人惊喜，急问。秋容泣下曰：『今为郎万苦矣！判日以刀杖相逼，今夕忽放妾归，曰：「我无他意，原亦爱故；既不愿，固亦不曾污玷。烦告陶秋曹[11]，勿见谴责。」』生闻少欢，欲与同寝，曰：『今日愿与卿死。』二女戚然曰：『向受开导，颇知义理，何忍以爱君者杀君乎？』执不可。然俯颈倾头，情均伉俪。二女以遭难故，妒念全消。会一道士途遇生，顾谓『身有鬼气』。生以其言异，具告之。道士曰：『此鬼大好，不宜负他。』因书二符付生，曰：『归授两鬼，任其福命。如闻门外有哭女者，吞符急出，先到者可活。』生拜受，归嘱二女。后月余，果闻有哭女者，二女争奔而去。小谢忙急，忘吞其符。见有丧舆过，秋容直出，入棺而没；小谢不得入，痛哭而返。生出视，则富室郝氏殡其女。共见一女子入棺而去，方共惊疑；俄闻棺中有声，息肩发验，女已顿苏。因暂寄生斋外，罗守之。忽开目问陶生，郝氏研诘之，答云：『我非汝女也。』遂以情告。郝未深信，欲舁归，女不从，径入生斋，偃卧不起。郝乃识婿而去。

生就视之，面庞虽异，而光艳不减秋容，喜惬过望，殷叙平生。忽闻呜呜然鬼泣，则小谢哭于暗

陬心甚怜之，即移灯往，宽譬哀情，而衿袖淋浪，痛不可解，近晓始去。天明，郝以婢媪赍送香奁，居然翁婿矣。暮入帷房，则小谢又哭。如此六七夜。夫妇俱为惨动，不能成合卺之礼。生忧思无策，秋容曰：『道士，仙人也。再往求，倘得怜救。』生然之。迹道士所在，叩伏自陈。道士力言『无术』，生哀不已。道士笑曰：『痴生好缠人。合与有缘，请竭吾术。』乃从生来，索静室，掩扉坐，戒勿相问，凡十余日，不饮不食。潜窥之，瞑若睡。一日晨兴，有少女搴帘入，明眸皓齿，光艳照人，微笑曰：『跋履终日，惫极矣！被汝纠缠不了，奔驰百里外，始得一好庐舍，道人载与俱来矣。得见其人，便相交付耳。』敛昏，小谢至，女遽起迎抱之，翕然合为一体，仆地而僵。道士自室中出，拱手径去。拜而送之。及返，则女已苏。扶置床上，气体渐舒，但把足呻言趾股酸痛，数日始能起。

后生应试得通籍。有蔡子经者与同谱，以事过生，留数日。小谢自邻舍归，蔡望见之，疾趋相蹑，小谢侧身敛避，心窃怒其轻薄。蔡告生曰：『一事深骇物听，可相告否？』诘之，答曰：『三年前，少妹夭殒，经两夜而失其尸，至今疑念。适见夫人，何相似之深也？』生笑曰：『山荆陋劣，何足以方君妹？然既系同谱，义即至切，何妨一献妻孥。』乃入内室，使小谢衣殉装出。蔡大惊曰：『真吾妹也！』因而泣下。生乃具述其本末。蔡喜曰：『妹子未死，吾将速归，用慰严慈。』遂去。过数日，举家皆至。后往来如郝焉。

异史氏曰：绝世佳人，求一而难之，何遽得两哉！事千古而一见，惟不私奔女者能遘之也。道士其仙耶？何术之神也！苟有其术，丑鬼可交耳。

注释

①渭南：县名，在今陕西省。

②部郎：明清时泛指任职在中央六部的郎中、员外郎等官员。

③苍头：仆人。

④鼓盆之戚：指死了妻子。《庄子·至乐》："庄子妻死，惠子吊之，庄子则方箕踞鼓盆而歌。"后因以"鼓盆之戚"指丧妻之痛。

⑤《续无鬼论》：晋人阮瞻、唐代林蕴都曾作过《无鬼论》，因陶生所作亦阐发无鬼之论，故称《续无鬼论》。

⑥厅事：厅堂，亦称"听事"，原指官府办公的地方，后来私宅的厅堂也称厅事。

⑦匕：饭匙。

⑧溲合：调合，掺杂。

⑨花判：本指旧时官吏对案件所作的骈体判词。此处指评阅意见。

⑩血殷凌波：指血染鞋袜，满脚是血。殷，红黑色，此处指染红。凌波，本指女子走路的美好姿态，此处指女子的鞋袜。曹植《洛神赋》："陵（通凌）波微步，罗袜生尘。"

⑪秋曹：对刑部官员的敬称。古时刑部又称为秋官，所以其部员称为"秋曹"。此处指陶生将来要到刑部任职。

林氏

济南戚安期，素佻达①，喜狎妓，妻婉戒之不听。妻林氏，美而贤。会北兵②入被俘去，暮宿途中欲相犯，林伪许之。适兵佩刀系床头，急抽刀自刎死，兵举而委诸野。次日，拔舍去。有人传林死，戚痛悼往。视之，有微息。负而归，目渐动，稍嚬呻，轻扶其项，以竹管滴沥灌饮，能咽。戚抚之曰：『卿万一能活，相负者必遭凶折！』半年，林平复如故；惟首为颈痕所牵，常苦左顾。戚不以为丑，爱恋逾于平昔，曲巷之游从此绝迹。林自觉形秽，将为置媵，戚执不可。

居数年，林不育，因劝纳婢，戚曰：『业誓不二，鬼神鉴之。即嗣续不承，亦吾命耳。若不应绝，卿岂老而不能生耶？』林乃托疾，使戚独宿，遣婢海棠卧其床下。既久，阴以宵情问婢。婢曰：『并无。』林不信。至夜，戒婢勿住，自诣婢所卧。少间，闻床上睡息已动。潜起，登床扪之。戚问谁，林耳语曰：『我海棠也。』戚拒却曰：『我有盟誓，不敢更也。若似曩年，尚须汝奔就耶？』林乃下床去。戚仍孤眠。林又使婢托已往就之。戚念妻生平从不肯作不速之客，疑而摸其项，无痕，知为婢，又叱之。婢惭而退。及明，以情告林，使速嫁婢。林笑曰：『君亦不必过执。倘得一丈夫子，岂不幸甚。』戚曰：『倘背盟誓，鬼责将及，尚望延宗嗣乎？』

林一日笑语戚曰：『凡农家者流，苗与秀③不可知，播种常例不可违。晚间耕耨之期至矣。』戚笑会之。既夕，林灭烛呼婢，使卧己衾中。戚入就榻，戏曰：『佃人来矣。深愧钱镈④不利，负此良田。』婢不语。婢及举事，小语戚曰：『私处小肿，颠猛不任。』戚体意温恤之。事已，婢伪起溺，以林易之。从此时值落红，辄一为之，而戚不知也。未几，婢腹震，林氏每使静坐，不令给役于前。故谓戚曰：

『妾劝内婢，而君弗听。设尔日冒妾时，君误信之。交而得孕，将复如何？』戚曰：『留犊鬻母。』林不言。无何婢举一子，林暗买乳媪，抱养母家。积四五年，又产一子一女。长名长生已七岁，就外祖家读书。林半月辄托归宁，一往看视。婢年益长，戚时时促遣之。林辄诺。婢日思儿女，林乃窃为上鬟，送诣母所。林谓戚曰：『日谓我不嫁海棠，母家有一义男⑤，业配之。』又数年，子女俱长成。值戚初度，林先期治具，为候宾客。戚叹曰：『岁月骛过⑥，忽已半世。幸各强健，家亦不至冻馁。所阙者，膝下⑦一点耳。』林曰：『君执拗，不从妾言，夫谁怨？然欲得男，两亦甚易，何况一也？』戚解颜曰：『既言不难，明日便索两男。』林曰：『易耳，易耳！』早起，命驾至母家，严妆子女，载与俱归。入门，令雁行立，呼父叩祝千秋。拜已而起，相顾嬉笑。戚骇怪不解。林曰：『君索两男，妾添一女。』始为详述本末。戚喜曰：『何不早告？』曰：『早告，恐绝其母。今子已成立，尚可绝其母乎？』戚感极涕泣。遂迎婢归，偕老焉。

异史氏曰：女有存心如林氏者，可谓贤德矣。

注释

①佻达：轻薄无行，轻佻。佻达，同『挑达』。《诗·郑风·子衿》：『挑兮达兮，在城阙兮。』

②北兵：明末南下的清兵。

③苗与秀：抽芽和开花。植物初生称苗，开花称秀，故称。

④钱镈：古代锄田用的两种农具。钱，状如铲。镈，锄头。

⑤义男：养子，义子，干儿子。

⑥骛过：急逝，匆匆而过。骛，急、速。

⑦膝下：子女年幼时依偎在父母的膝下，故称年幼之时为膝下。《孝经·圣治》：『故亲生之膝下。』后成为儿女写信给父母的敬辞。

细侯

昌化[1]满生，设帐余杭[2]。偶涉廛市，经临街阁下，忽有荔壳坠肩头。仰视，一雏姬凭阁上，妖姿要妙[3]，不觉注目发狂，姬俯哂而入。询之，知为娼楼贾氏女细侯也。其声价颇高，自顾不能适愿。归斋冥想，终宵不枕。明日，往投以刺，相见，言笑甚欢，心志益迷。托故假贷同人，敛金如干，携以赴女，款洽臻至。即枕上口占一绝赠之云：『膏腻铜盘夜未央，床头小语麝兰香。新鬟明日重妆凤，无复行云梦楚王。』细侯蹙然曰：『妾虽污贱，每愿得同心而事之。君既无妇，视妾可当家否？』生大悦，即叮咛，坚相约。细侯亦喜曰：『吟咏之事，妾自谓无难，每于无人处，欲效作一首，恐未能便佳，为观听所讥。倘得相从，幸以教妾。』因问生：『家田产几何？』答曰：『薄田半顷，破屋数椽而已。』细侯曰：『妾归君后，当常相守，勿复设帐为也。四十亩聊足自给，十亩可以种黍，织五匹绢，纳太平之税有余矣。闭户相对，君读妾织，暇则诗酒可遣，千户侯[4]何足贵！』生曰：『卿身价约可几多？』曰：『依媪贪志，何能盈也？多不过二百金足矣。可恨妾齿稚，不知重资财，得辄归母，所私者区区无多。君能办百金，过此即非所虑。』生曰：『小生之落寞，卿所知也，百金何能自致，有同盟友令于湖南，屡相见招，仆因道远，故惮于行。今为卿故，当往谋之。计三四月，可以复归，幸耐相候。』细

侯曰：『诺。』生即弃馆南游，至则令已免官，以挂误居民舍，宦囊空虚，不能为礼。生落魄难返，就邑中授徒焉。三年，莫能归。偶笞弟子，弟子自溺死。东翁⑤痛子而讼师，因被逮囹圄。幸有他门人，怜师无过，时致馈遗，得以无苦。

细侯自别生，杜门不交一客。母诘知故，不可夺，亦姑听之。有富贾慕细侯名，托媒于媪。务在必得，不靳直。细侯不可，贾以负贩诣湖南，敬侦生耗。时狱已将解，贾以金赂当事吏，使久锢之。归告媪云：『生已瘐死。』细侯不信。媪曰：『无论满生已死，纵或不死，与其从穷措大以椎布终也，何如衣锦而厌粱肉乎？』细侯曰：『满生虽贫，其骨清也；守龌龊商，诚非所愿。且道路之言，何足凭信！』贾又转嘱他商，假作满生绝命书寄细侯，以绝其望。细侯得书，朝夕哀哭，媪曰：『我自幼于汝，抚育良劬。汝成人二三年，得报日亦无多。既不愿隶籍⑥，又不肯嫁，何以能生活？』细侯不得已，遂嫁贾。贾衣服簪环，供给丰侈。年余，生一子。

无何，生得门人力，昭雪出狱，始知贾之锢己也。然念素无嫌隙，反复不得其由，门人义助资斧得归，既闻细侯已嫁，心甚激楚，因以所苦，托市媪卖浆者达细侯。细侯大悲，方悟前此多端，悉贾之诡谋。乘贾他出，杀抱中儿，携所有以归满；凡贾家服饰，一无所取。贾归，怒讼于官。官原其情，置不问。

呜呼！寿亭侯之归汉，亦复何殊？顾杀子而行，亦天下之忍人⑦也！

注释

①昌化：旧县名，明清时属浙江省杭州府，今属浙江省临安县。

②余杭：旧县名，明清时属浙江省杭州府，今属浙江省富阳县。

③要妙：美好。

④千户侯：受封为侯爵，食邑千户。后常喻高官厚禄。

⑤东翁：指学生的父亲。东，东家，塾师的雇主。

⑥隶籍：隶属于乐籍，即做妓女。

⑦忍人：忍心的人，狼心的人。

狼三则

有屠人货肉归，日已暮，欻①一狼来，瞰②担上肉，似甚垂涎，随屠尾行数里。屠惧，示以刃，少却；及走，又从之。屠思狼所欲者肉，不如悬诸树而早③取之。遂钩肉，翘足挂树间，示以空担。狼乃止。屠归。昧爽④往取肉，遥望树上悬巨物，似人缢死状，大骇。逡巡近视，则死狼也。仰首细审，见狼口中含肉，钩刺狼腭，如鱼吞饵。时狼皮价昂，直十余金，屠小裕焉。缘木求鱼，狼则罹之⑤，是可笑也！

一屠晚归，担中肉尽，止剩骨。途遇两狼缀行甚远。屠惧，投以骨，一狼得骨止，一狼又从；复投之，后狼止而前狼又至；骨已尽，而两狼并驱如故。屠大窘，恐前后受其敌。顾野有麦场，场主以薪积其中，苫蔽成丘。屠乃奔倚其下，弛担持刀。狼不敢前，眈眈相向。少时，一狼径去；其一犬坐⑥于前，久之，目似瞑，意暇甚。屠暴起，以刀劈狼首，又数刀毙之。转视积薪后，一狼洞其中，意将隧入以攻其后也。身已半入，露其尾，屠自后断其股，亦毙之。方悟前狼假寐，盖以诱敌。狼亦黠矣！而顷刻两毙，禽兽之变诈几何哉，止增笑耳！

一屠暮行，为狼所逼。道旁有夜耕者所遗行室⑦，奔入伏焉。狼自苫中探爪入，屠急捉之，令出不去，但思无计可以死之。惟有小刀不盈寸，遂割破狼爪下皮，以吹豕之法吹之。极力吹移时，觉狼不甚动，方缚以带。出视，则狼胀如牛，股直不能屈，口张不得合。遂负之以归。非屠，乌能作此谋也！三事皆出于屠；则屠人之残，杀狼亦可用也。

注释

①欻：忽然。

②瞰：看，视。

③早：此处指第二天早晨。

④昧爽：黎明时分，天将亮未亮之时。

⑤『缘木』二句：意谓屠夫把肉挂在树上并不是为了捉狼，而狼想吃挂在树上的肉，结果却被钩死。缘木求鱼，爬到树上去捉鱼，喻方法错误则难以达到目的。罹，遭遇。

⑥犬坐：像狗一样的蹲坐。

⑦行室：农田中供歇息用的临时棚屋，北方俗称『窝棚』。

萧七

徐继长，临淄人，居城东之磨房庄。业儒未成，去而为吏。偶适姻家，道出于氏殡宫。薄暮醉归，过其处，见楼阁繁丽，一叟当户坐。徐酒渴思饮，揖叟求浆。叟起邀客入，升堂授饮。饮已，叟曰：『曛

暮难行，姑留宿何如？』徐亦疲殆，遂止宿焉。叟命家人具酒奉客，且谓徐曰：『老夫一言，勿嫌孟浪：君清门令望，可附婚姻。有幼女未字，欲充下陈①，幸垂援拾。』徐踧踖②不知所对。叟即遣伻告其亲族，又传语令女郎妆束。顷之，峨冠博带③者四五辈，先后并至。女郎亦炫妆出，姿容绝俗。于是交坐宴会。徐神魂眩乱，但欲速寝。酒数行，坚辞不任，乃使小鬟引夫妇入帏，馆同爰止。徐问其族姓，女曰：『萧姓，行七。』又细审门阀，女曰：『身虽陋贱，配吏胥当不辱寞，何苦研究？』徐溺其色，款昵备至，不复他疑。

女曰：『此处不可为家。审知汝家姊姊甚平善，或不拗阻，归除一舍，行将自至耳。』徐应之。既而加臂于身，奄忽就寐，及觉，则抱中已空。天色大明，松阴翳晓，身下籍黍穰尺许厚。骇叹而归，告妻。妻戏为除馆，设榻其中，阖门出，曰：『新娘子今夜至矣。』相与共笑。日既暮，妻戏曳徐启门，曰：『新人得毋已在室耶？』及入，则美人华妆坐榻上，见二人入，桥起④逆之，夫妻大愕。女掩口局局而笑⑤，参拜恭谨。妻乃治具，为之合欢。女早起操作，不待驱使。

一日曰：『姊姨辈俱欲来吾家一望。』徐虑仓卒无以应客。女曰：『都知吾家不饶，将先赍馔具来，但烦吾家姊姊烹饪而已。』徐告妻，妻诺之。晨炊后，果有人荷酒胾来，释担而去。妻为职庖人之役。晡后⑥，六七女郎至，长者不过四十以来，围坐并饮，喧笑盈室。徐妻伏窗一窥，惟见夫及七姐相向坐，他客皆不可睹。北斗挂屋角，欢然始去，女送客未返。妻入视案上，杯柈俱空。笑曰：『诸婢想俱饿，遂如狗舐砧⑦。』少间女还，殷殷相劳，夺器自涤，促嫡安眠。妻曰：『客临吾家，使自备饮馔，亦大笑话。明日合另邀致。』逾数日，徐从妻言，使女复召客。客至，恣意饮啖；惟留四簋⑧，不加匕箸。

群笑曰：『夫人为吾辈恶，故留以待调人。』座间一女年十八九，素舄缟裳，云是新寡，女呼为六姊；情态妖艳，善笑能口。与徐渐洽，辄以谐语相嘲。行觞政，徐为录事⑨，禁笑谑。六姊频犯，连引十余爵，酡然径醉，芳体娇懒，荏弱难持。无何亡去，徐烛而觅之，则酣寝暗帏中。近接其吻亦不觉，以手探裤，私处坟起。心旌方摇，席中纷唤徐郎，乃急理其衣，见袖中有绫巾，窃之而出。迨于夜央，众客离席。六姊未醒，七姐入摇之，始呵欠而起，系裙理发从众去。徐拳拳怀念不释，将于空处展玩遗巾，而觅之已渺。疑送客时遗落途间。执灯细照阶除，都复乌有，意顼顼⑩不自得。女问之，徐漫应之。女笑曰：『勿诳语，巾子人已将去，徒劳心目。』徐惊，以实告，且言怀思。女曰：『彼与君无宿分，缘止此耳。』问其故，曰：『彼前身曲中女，君为士人，见而悦之，为两亲所阻，志不得遂，感疾阽危。使人语之曰：「我已不起。但得若来获一扪其肌肤，死无憾！」彼感此意，允其所请。适以冗羁未遑往，过夕而至，则病者已殒，是前世与君有一扪之缘也。过此即非所望。』后设筵再招诸女，惟六姊不至。徐疑女妒，颇有怨怼。

女一日谓徐曰：『君以六姊之故，妄相见罪。彼实不肯至，于我何尤？今八年之好，行相别矣，请为君极力一谋，用解前之惑。彼虽不来，宁禁我不往？登门就之，或人定胜天不可知。』徐喜从之，女握手飘然履虚，顷刻至其家。黄甓广堂，门户曲折，与初见时无少异。岳父母并出，曰：『拙女久蒙温煦，老身以残年衰慵，有疏省问，或当不怪耶？』即张筵作会。女便问诸姊妹。母云：『各归其家，惟六姊在耳。』即唤婢请六娘子来，久之不出。女入曳之以至，俯首简默，不似前此之谐。少时，叟媪辞去。女谓六姊曰：『姐姐高自重，使人怨我！』六姊微哂曰：『轻薄郎何宜相近！』女执两人残卮，

强使易饮，曰：『吻已接矣，作态何为？』少时，七姐亡去，室中止余二人。徐遽起相逼，六姊宛转撑拒。徐牵衣长跽而哀之，色渐和，相携入室。裁缓襦结，忽闻喊嘶动地，火光射闼。六姊大惊，推徐起曰：『祸事忽临，奈何！』徐忙迫不知所为，而女郎已窜无迹矣。

徐怅然少坐，屋宇并失。猎者十余人，按鹰操刃而至，惊问：『何人夜伏于此？』徐托言迷途，因告姓字。一人曰：『适逐一狐见之否？』答曰：『不见。』细认其处，乃于氏殡宫也。怏怏而归。尤冀七姊复至，晨占雀喜，夕卜灯花，而竟无消息矣。董玉玹谈。

注释

①充下陈：做侍妾的谦辞。充，备。下陈，本指陈于堂下，后指陈于堂下、纳于宫中的财物或婢女。

②踧踖：恭敬不安的样子。

③峨冠博带：高冠宽带，为古代儒生的装束。

④桥起：急忙站起来。桥起，疾起，迅速。《庄子·则阳》：『欲恶去就，于是桥起。』

⑤局局而笑：痴痴地笑。局局，象声词，形容笑声。

⑥晡后：黄昏后。宋玉《神女赋》：『晡夕之后，精神怳忽，若有所喜，纷纷扰扰，未知何意。』晡，傍晚。

⑦砧：通『椹』，砧板，指切肉的木板。

⑧四簋：即四碗。簋，古代的一种食器。《诗·秦风·权舆》：『每食四簋。』

⑨录事：本为官名。此处指酒席上监督座客执行酒令及饮酒之事的人。

⑩项项：若有所失的样子。《庄子·天地》：『子贡卑陬失色，项项然不自得。』

考弊司

闻人生，河南人。抱病经日，见一秀才入伏谒床下，谦抑尽礼。已而请生少步，把臂长语，刺刺[①]且行，数里外犹不言别。生伫足，拱手致辞。秀才云：『更烦移趾，仆有一事相求。』生问之，答云：『吾辈悉属考弊司辖。司主名虚肚鬼王。初见之，例应割髀[②]肉，浼君一缓颊耳。』生惊问：『何罪而至于此？』曰：『不必有罪，此是旧例。若丰于贿者可赎也，然而我贫。』生曰：『我素不稔鬼王，何能效力？』曰：『君前世是伊大父行，宜可听从。』

言次，已入城郭。至一府署，廨宇不甚弘敞，惟一堂高广，堂下两碣[③]东西立，绿书大于拷栳[④]，一云『孝弟忠信』，一云『礼义廉耻』。历阶而进，见堂上一匾，大书『考弊司』。楹间，板雕翠色一联云：『曰校、曰序、曰庠，两字德行阴教化；上士、中士、下士，一堂礼乐鬼门生。』游览未已，官已出，鬈发鲐背[⑤]，若数百年人。而鼻孔撩天，唇外倾，不承其齿。从一主簿吏，虎首人身。有十余人列侍，半狞恶若山精。秀才曰：『此鬼王也。』生骇极，欲退却；鬼王已睹，降阶揖生上，便问兴居。生但诺诺。又云：『何事见临？』生以秀才意具白之。鬼王色变曰：『此有成例，即父命所不敢承！』气象森凛，似不可入一词。生不敢言，骤起告别，鬼王侧行送之，至门外始返。生不归，潜入以观其变。至堂下，则秀才已与同辈数人，交臂历指，俨然在徽纆中。一狞人持刀来，裸其股，割片肉，可骈三指许。秀才大嗥欲嗄。

生少年负义，愤不自持，大呼曰：『惨毒如此，成何世界！』鬼王惊起，暂命止割，跣履迎生。生忿然已出，遍告市人，将控上帝。或笑曰：『迂哉！蓝尉苍苍，何处觅上帝而诉之冤也？此辈与阎罗近，呼之或可应耳。』乃示之途。趋而往，果见殿陛威赫，阎罗方坐，伏阶号屈。王召诉已，立命诸鬼绾绁提锤而去。少顷，鬼王及秀才并至，审其情确，大怒曰：『怜尔夙世攻苦，暂委此任，候生贵家，今乃敢尔！其去若善筋，增若恶骨，罚今生生世世不得发迹也！』鬼乃棰之，仆地，颠落一齿。以刀割指端，抽筋出，亮白如丝。鬼王呼痛，声类斩豕。手足并抽讫，有二鬼押去。

生稽首而出，秀才从其后，感荷殷殷⑥。挽送过市，见一户垂朱帘，帘内一女子露半面，容妆绝美。生问：『谁家？』秀才曰：『此曲巷也。』既过，生低徊不能舍，遂坚止秀才。秀才曰：『君为仆来，而今踽踽而去，心何忍。』生固辞，乃去。生望秀才去远，急趋入帘内。女接见，喜形于色。入室促坐，相道姓名。女曰：『柳氏，小字秋华。』一妪出，为具肴酒。酒阑，入帏，欢爱殊浓，切切订婚嫁。妪入曰：『薪水告竭，要耗郎君金资，奈何！』生顿念腰橐空虚，愧惶无声。久之，曰：『我实不曾携得一文，官署券保，归即奉酬。』妪变色曰：『曾闻夜度娘⑦索逋欠耶？』秋华颦蹙，不作一语。生暂解衣为质，妪持笑曰：『此尚不能偿酒值耳。』呶呶不满志，与女俱入。生惭，移时，犹冀女出展别，再订前约。久候无音，潜入窥之，见妪与女，自肩以上化为牛鬼，目睒睒相对立。大惧，趋出，欲归，则百道岐出，莫知所从。问之市人，并无知其村名者。徘徊廛肆之间，历两昏晓，凄意含酸，响肠鸣饿，进退不能自决。忽秀才过，望见之，惊曰：『何尚未归，而简亵若此？』生腼颜莫对。秀才曰：『有之矣！得毋为花夜叉所迷耶？』遂盛气而往，曰：『秋华母子，何遽不少施面目耶！』去少时，即以

考弊司
禮義廉恥
孝弟忠信

衣来付生曰：『淫婢无礼，已叱骂之矣。』送生至家，乃别而去。生暴绝三日而苏，历历为家人言之。

注释

①刺刺：形容絮絮叨叨。韩愈《送殷员外序》：『语刺刺不能休。』

②髀：大腿上的肉。

③碣：上圆下方的碑石。

④栲栳：用柳条、竹篾编织的盛物器具。

⑤鲐背：驼背。鲐，鱼名，纺锤形，其背隆起。

⑥殷殷：情意恳切。

⑦夜度娘：本为古乐府曲名。《乐府诗集·西曲歌》有《夜度娘》篇，辞为：『夜来冒霜雪，晨去历风波。虽得叙微情，奈侬身苦何！』后借称娼妓。

鸽异

鸽类甚繁：晋有坤星，鲁有鹤秀，黔有腋蝶，梁有翻跳，越有诸尖，皆异种也。又有靴头、点子、大白、黑石、夫妇雀、花狗眼之类，名不可屈以指，惟好事者能辨之也。

邹平张公子幼量癖好之，按经①而求，务尽其种。其养之也，如保婴儿：冷则疗以粉草，热则投以盐颗。鸽善睡，睡太甚，有病麻痹而死者。张在广陵，以十金购一鸽，体最小，善走，置地上，盘旋无已时，不至于死不休也，故常须人把握之；夜置群中使惊诸鸽，可以免痹股之病，是名『夜游』。

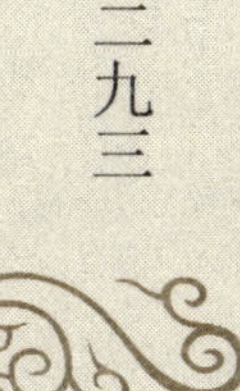

齐鲁养鸽家，无如公子最；公子亦以鸽自诩。

一夜坐斋中，忽一白衣少年叩扉入，殊不相识。问之，答曰：『漂泊之人，姓名何足道。遥闻畜鸽最盛，此亦生平所好，愿得寓目。』张乃尽出所有，五色俱备，灿若云锦。少年笑曰：『人言果不虚，公子可谓养鸽之能事矣。仆亦携有一两头，颇愿观之否？』张喜，从少年去。月色冥漠，旷野萧条，心窃疑惧。少年指曰：『请勉行，寓屋不远矣。』又数武，见一道院仅两楹，少年握手入，昧无灯火。少年立庭中，口中作鸽鸣。忽有两鸽出：状类常鸽而毛纯白，飞与檐齐，且鸣且斗，每一扑，必作斤斗。少年挥之以肱，连翼而去。复撮口作异声，又有两鸽出：大者如鹜，小者裁如拳，集阶上，学鹤舞。大者延颈立，张翼作屏，宛转鸣跳，若引之；小者上下飞鸣，时集其顶，翼翩翩如燕子落蒲叶上，声细碎，类鼗鼓[2]；大者伸颈不敢动。鸣愈急，声变如磬[3]，两两相和，间杂中节。既而小者飞起，大者又颠倒引呼之。张嘉叹不已，自觉望洋可愧。遂揖少年，乞求分爱，少年不许。又固求之，少年乃叱鸽去，仍作前声，招二白鸽来，以手把之，曰：『如不嫌憎，以此塞责。』接而玩之，睛映月作琥珀色，两目通透，若无隔阂，中黑珠圆于椒粒；启其翼，胁肉晶莹，脏腑可数。张甚奇之，而意犹未足，诡求[4]不已。少年曰：『尚有两种未献，今不敢复请观矣。』

方竞论间，家人燎麻炬入寻主人。回视少年，化白鸽大如鸡，冲霄而去。又目前院宇都渺，盖一小墓，树二柏焉。与家人抱鸽，骇叹而归。试使飞，驯异如初，虽非其尤，人世亦绝少矣。于是爱惜臻至。

积二年，育雌雄各三。虽戚好求之，不得也。有父执某公为贵官，一日见公子，问：『畜鸽几许？』公子唯唯以退。疑某意爱好之也，思所以报而割爱良难。又念：长者之求，不可重拂。且不敢以常鸽应，选二白鸽笼送之，自以千金之赠不啻也。他日见某公，颇有德色，而其殊无一申谢语。心不能忍，问：『前禽佳否？』答云：『亦肥美。』张惊曰：『烹之乎？』曰：『然。』张大惊曰：『此非常鸽，乃俗所言「靼鞑」者也！』某回思曰：『味亦殊无异处。』

张叹恨而返。至夜梦白衣少年至，责之曰：『我以君能爱之，故遂托以子孙。何以明珠暗投，致残鼎镬！今率儿辈去矣。』言已化为鸽，所养白鸽皆从之，飞鸣径去。天明视之，果俱亡矣。心甚恨之，遂以所畜，分赠知交，数日而尽。

异史氏曰：物莫不聚于所好，故叶公好龙，则真龙入室，而况学士之于良友，贤君之于良臣乎？而独阿堵之物，好者更多，而聚者特少，亦以见鬼神之怒贪，而不怒痴[5]也。

向有友人馈朱鲫于孙公子禹年，家无慧仆，以老佣往。及门，倾水出鱼，索柈而进之，及达主所，鱼已枯毙。公子笑而不言，以酒犒佣，即烹鱼以飨。既归，主人问：『公子得鱼颇欢慰否？』答曰：『欢甚。』问：『何以知？』曰：『公子见鱼便欣然有笑容，立命赐酒，且烹数尾以犒小人。』主人骇甚，自念所赠，颇不粗劣，何至烹赐下人。因责之曰：『必汝蠢顽无礼，故公子迁怒耳。』佣扬手力辩曰：『我固陋拙，遂以为非人[6]也！登公子门，小心如许，犹恐筲斗不文[7]，敬索柈出，一一匀排而后进之，有何不周详也？』主人骂而遣之。

灵隐寺[8]僧某以茶得名，铛臼[9]皆精。然所蓄茶有数等，恒视客之贵贱以为烹献；其最上者，非贵客及知味者，不一奉也。一日有贵官至，僧伏谒甚恭，出佳茶，手自烹进，冀得称誉。贵官默然。僧惑甚，又以最上一等烹而进之。饮已将尽，并无赞语。僧急不能待，鞠躬曰：『茶何如？』贵官执

盏一拱曰：『甚热。』此两事，可与张公子之赠鸽同一笑也。

注释

①经：指《鸽经》一类阐述鸽子品种、优劣以及其他相关内容的书籍。

②鼗鼓：长柄小摇鼓，摇动时发声，俗称拨浪鼓。

③磬：以玉、石或金属所做的打击乐器，其声清扬。

④诡求：巧言相求。

⑤痴：指对美好事物的痴迷。

⑥非人：不懂事理之人。也指不做人事的人。

⑦筲斗不文：意谓用水桶盛鱼以献，不够文雅体面。筲斗，小水桶。

⑧灵隐寺：佛寺名，位于浙江省杭州西。

⑨铛臼：煎茶用的锅和捣茶用的臼。铛，三足饮具。臼，茶臼，用以捣碎饼茶。

江城

临江[1]高蕃，少慧，仪容秀美，十四岁入邑庠。富室争女之，生选择良苛，屡梗父命。父仲鸿年六十，止此子，宠惜之，不忍少拂。

东村有樊翁者，授童蒙于市肆，携家僦生屋。翁有女，小字江城，与生同甲[2]，时皆八九岁，两小无猜[3]，日共嬉戏。后翁徙去，积四五年，不复闻问。一日，生于隘巷中，见一女郎，艳美绝俗，从以小鬟仅六七岁，不敢倾顾但斜睨之。女停睇若欲有言，细视之江城也。顿大惊喜。各无所言，相视呆立。移时始别，两情恋恋。生故以红巾遗地而去，小鬟拾之，喜以授女。女入袖中，易以己巾，伪谓鬟曰：『高秀才非他人，勿得讳其遗物，可追还之。』小鬟果追付生，生得巾大喜。归见母，请与论婚。母曰：『家无半间屋，南北流寓，何足匹偶？』生曰：『我自欲之，固当无悔。』母不能决，以商仲鸿，鸿执不可。生闻之闷闷，嗌不容粒。母忧之，谓高曰：『樊氏虽贫，亦非狙侩无赖者比。我请过其家，倘其女可偶，当亦无害。』高曰：『诺。』母托烧香黑帝④祠，诣之。见女明眸秀齿，居然娟好，心大爱悦。遂以金帛厚赠之，实告以意。樊媪谦抑而后受盟。归述其情，生始解颜为笑。

逾岁择吉迎女归，夫妻相得甚欢。而女善怒，反眼若不相识，词舌嘲啁，常聒于耳。生以爱故，悉含忍之。翁媪闻之，心弗善也，潜责其子。为女所闻，大恚，诟骂弥加。生稍稍反其恶声，女益怒，挞逐出户，阖其扉。喈喈门外，不敢叩关，抱膝宿檐下。女从此视若仇。其初，长跪犹可以解，渐至屈膝无灵，而丈夫益苦矣。翁姑薄让之，女抵牾不可言状。翁姑忿怒，逼令大归。

樊惭惧，浼交好者请于仲鸿，仲鸿不许。年余，生出遇岳，岳邀归其家，谢罪不遑。妆女出见，夫妇相看，不觉恻楚。樊乃沽酒款婿，酬劝甚殷。日暮坚止留宿，扫别榻，使夫妇并寝。既曙辞归，不敢以情告父母，掩饰弥缝。自此三五日，暂一寄岳家宿，而父母不知也。樊一日自诣仲鸿。初不见，迫而后见之。樊膝行而请，高不承，诿诸其子。樊曰：『婿昨夜宿仆家，不闻有异言。』高惊问：『何时寄宿？』樊具以告。高赧谢曰：『我固不知。彼爱之，我独何仇乎？』樊既去，高呼子而骂，生但

俯首，不少出气。言间，樊已送女至。高曰：『我不能为儿女任过，不如各立门户，即烦主析爨之盟。』樊劝之，不听。遂别院居之，遣一婢给役焉。

月余，颇相安，翁媪窃慰。未几女渐肆，生面上时有指爪痕，父母明知之，亦忍不置问。一日生不堪挞楚，奔避父所，芒芒然如鸟雀之被鸮殴者。翁媪方怪问，女已横梃追入，竟即翁侧捉而棰之。翁姑涕噪，略不顾赡，挞至数十，始悻悻以去。高逐子曰：『我惟避嚣，故析尔。尔固乐此，又焉逃乎？』

生被逐，徙倚无所归。母恐其折挫行死，令独居而给之食。又召樊来，使教其女。樊入室，开谕万端，女终不听，反以恶言相苦。樊拂衣去，誓相绝。无何樊翁愤生病，与妪相继死。女恨之，亦不临吊，惟日隔壁噪骂，故使翁姑闻。高悉置不知。

生自独居，若离汤火，但觉凄寂。暗以金啖媒媪李氏，纳妓斋中，往来皆以夜。久之，女微闻之，诣斋嫚骂。生力白其诬，矢以天日，女始归。自此日伺生隙。李媪自斋中出，适相遇，急呼之；媪神色变异，女愈疑，谓媪曰：『明告所作，或可宥免；若有隐秘，撮毛尽矣！』媪战而告曰：『半月来，惟勾栏李云娘过此两度耳。适公子言，曾于玉笥山见陶家妇，爱其双翘，嘱奴招致之。渠虽不贞，亦未便作夜度娘，成否故未必也。』女以其言诚，姑从宽恕。媪欲去，又强止之。日既昏，呵之曰：『可先往灭其烛，便言陶家至矣。』媪如其言。女即速入。生喜极，挽臂促坐，具道饥渴。女默不语，生暗中索其足，曰：『山上一觐仙容，介介独恋是耳。』女终不语。生曰：『夙昔之愿，今始得遂，何可觌面而不识也？』躬自促火一照，则江城也。大惧失色，堕烛于地，长跪觳觫，若兵在颈。女摘耳提归，以针刺两股殆遍，乃卧以下床，醒则骂之。生以此畏若虎狼，即偶假以颜色，枕席之上，亦震慑不能

为人。女批颊而叱去之，益厌弃不以人齿。生日在兰麝之乡，如犴狴中人，仰狱吏之尊也。女有两姊，俱适诸生。长姊平善，讷于口，常与女不相洽。二姊适葛氏，为人狡黠善辩，顾影弄姿，貌不及江城，而悍妒与埒。姊妹相逢无他语，惟各以阃威[5]自鸣得意。以故二人最善。生适戚友，女辄嗔怒；惟适葛所，知而不禁。一日饮葛所，既醉，葛嘲曰：『子何畏之甚？』生笑曰：『天下事颇多不解：我之畏，畏其美也，乃有美不及内人，而畏甚于仆者，惑不滋甚哉？』葛大惭，不能对。婢闻，以告二姊。二姊怒，操杖遽出，生见其凶，屣屣[6]欲走。杖起，已中腰脊，三杖三蹶而不能起。误中颅，血流如沈。二姊去，生蹒跚而归。

妻惊问之，初以迕姨故，不敢遽告；再三研诘，始具陈之。女以帛束生首，忿然曰：『人家男子，何烦他挞楚耶！』更短袖裳，怀木杵，携婢径去。抵葛家，二姊笑语承迎，女不语，以杵击之，仆；裂裤而痛楚焉。齿落唇缺，遗失溲便。女返，二姊羞愤，遣夫赴诉于高。生趋出，极意温恤，葛私语曰：『仆此来，不得不尔。悍妇不仁，幸假手而惩创之，我两人何嫌焉。』女已闻之，遽出，指骂曰：『龌龊贼！妻子亏苦，反窃窃与外人交好！此等男子，不宜打煞耶！』疾呼觅杖。葛大窘，夺门窜去。生由此往来全无一所。

同窗王子雅过之，宛转留饮。饮间，以闺阁相谑，颇涉狎亵。女适窥客，伏听尽悉，暗以巴豆投汤中而进之。未几吐利不可堪，奄存气息。女使婢问之曰：『再敢无礼否？』始悟病之所自来，呻吟而哀之，则绿豆汤已储待矣，饮之乃止。从此同人相戒，不敢饮于其家。

王有酤肆，肆中多红梅，设宴招其曹侣。生托文社，禀白而往。日暮，既酣，王生曰：『适有

南昌名妓，流寓此间，可以呼来共饮。』众大悦。惟生离席，兴辞，群曳之曰：『闽中耳目虽长，亦听睹不至于此。』因相矢缄口，生乃复坐。少间妓果出，年十七八，玉佩丁冬，云鬟掠削。问其姓，云：『谢氏，小字芳兰。』出词吐气，备极风雅，举座若狂。而芳兰犹属意生，屡以色授。为众所觉，故曳两人连肩坐。芳兰阴把生手，以指书掌作『宿』字。生于此时，欲去不忍，欲留不敢，心如乱丝，不可言喻。而倾头耳语，醉态益狂，榻上胭脂虎，亦并忘之。少选，听更漏已动，肆中酒客愈稀，惟遥座一美少年对烛独酌，有小僮捧巾侍焉；众窃议其高雅。无何，少年罢饮，出门去。僮返身入，向生曰：『主人相候一语。』众则茫然，惟生颜色惨变，不遑告别，匆匆便去。盖少年乃江城，僮即其家婢也。

生从至家，伏受鞭扑。从此禁锢益严，吊庆皆绝。文宗下学，生以误讲降为青。一日与婢语，女疑与私，以酒坛囊婢首而挞之。已而缚生及婢，以绣剪剪腹间肉互补之，释缚令其自束。月余，补处竟合为一云。女每以白足踏饼尘土中，叱生摭食之。如是种种。母以忆子故，偶至其家，见子柴瘠⑦，归而痛哭欲死。夜梦一叟告之曰：『不须忧烦，此是前世因。江城原静业和尚所养长生鼠，公子前生为士人，偶游其地，误毙之。今作恶报，不可以人力回也。每早起，虔心诵观音咒一百遍，必当有效。』醒而述于仲鸿，异之，夫妻遵教。虔诵两月余，女横如故，益之狂纵。闻门外钲鼓，辄握发出，憨然引眺，千人指视，恬不为怪。翁姑共耻之，而不能禁。

忽有老僧在门外宣佛果，观者如堵。僧吹鼓上革作牛鸣。女奔出，见人众无隙，命婢移行床，翘登其上。众目集视，女如弗觉。逾时，僧敷衍将毕，索清水一盂，持向女而宣言曰：『莫要嗔，莫要嗔！前世也非假，今世也非真。咄！鼠子缩头去，勿使猫儿寻。』宣已，吸水噀射女面，粉黛淫淫，下沾衿袖。众大骇，意女暴怒，女殊不语，拭面自归。僧亦遂去。女入室痴坐，嗒然若丧，终日不食，扫榻遽寝。中夜忽唤生醒，生疑其将遗，捧进溺盆。女却之，暗把生臂，曳入衾。生承命，四体惊悚，若奉丹诏。女慨然曰：『使君如此，何以为人！』乃以手抚扪生体，每至刀杖痕，嘤嘤啜泣，辄以爪甲自掐，恨不即死。生见其状，意良不忍，所以慰藉之良厚。女曰：『妾思和尚必是菩萨化身。清水一洒，若更腑肺。今回忆曩昔所为，都如隔世。妾向时得毋非人耶？有夫妇而不能欢，有姑嫜而不能事，是诚何心！明日可移家去，仍与父母同居，庶便定省。』絮语终夜，如话十年之别。昧爽即起，折衣敛器，婢携簏[8]，躬襆被，促生前往叩扉。母出骇问，告以意。母尚迟回有难色，女已偕婢入。母从入。女伏地哀泣，但求免死。母察其意诚，亦泣曰：『吾儿何遽如此？』生为细述前状，始悟曩昔之梦验也。喜，唤厮仆为除旧舍。女自是承颜顺志过于孝子，见人，则觍如新妇；或戏述往事，则红涨于颊。且勤俭，又善居积，三年翁媪不问家计，而富称巨万矣。生是岁乡捷[9]。每谓生曰：『当日一见芳兰，今犹忆之。』生以不受荼毒，愿已至足，妄念所不敢萌，唯唯而已。会以应举入都，数月乃返。入室，见芳兰方与江城对弈。惊而问之，则女以数百金出其籍矣。此事浙中王子雅言之甚详。

异史氏曰：人生业果，饮啄必报，而惟果报之在房中者，如附骨之疽[10]，其毒尤惨。每见天下贤妇十之一，悍妇十之九，亦以见人世之能修善业者少也。观自在愿力宏大，何不将盂中水洒大千世界[11]也？

注释

①临江：临江府，治所在今江西清江县。

②同甲：同年。甲，甲子，年龄。

③两小无猜：男女孩童之间天真无邪，无所避嫌和猜疑。李白《长干行》：『同居长干里，两小无嫌猜。』

④黑帝：主管北方的天帝，即玄帝。神道教称真武大帝为玄天上帝。

⑤阃威：妻子在丈夫面前的威风。阃，闺门，旧指女子所居的内室，借指女子。

⑥屣屣：拖鞋而走，形容惊慌不安的样子。

⑦柴瘠：骨瘦如柴。

⑧篚：用竹、柳或藤条编制的盛器。此指箱篚。

⑨乡捷：乡试告捷，指考中举人。

⑩附骨之疽：长在骨头上的恶疮。

⑪大千世界：本为佛教用语，为一佛所教化之境。此处泛指普天之下的整个世界。

八大王

临洮[①]冯生，盖贵介裔而凌夷矣。有渔鳖者负其债，不能偿，得鳖辄献之。一日献巨鳖，额有白点。生以其状异，放之。

后自婿家归，至恒河之侧，日已就昏，见一醉者从二三僮，颠跋而至，遥见生，便问：『何人？』

生漫应：『行道者。』醉人怒曰：『宁无姓名，胡言行道者？』生驰驱心急，置不答，径过之。醉人益怒，捉袂使不得行，酒臭熏人。生更不耐，然力解不能脱。问：『汝何名？』吃然而对曰：『我南都旧令尹也。将何为？』生曰：『世间有此等令尹，辱寞世界矣！幸是旧令尹；假新令尹，将无杀尽途人耶？』醉人怒甚，势将用武。生大言曰：『我冯某非受人挝打者！』醉人闻之，变怒为欢，踉跄下拜曰：『是我恩主，唐突勿罪！』起唤从人，先归治具。生辞之不得。握手行数里，见一小村。既入，则廊舍华好，似贵人家。醉人醒稍解，生始询其姓字。曰：『言之勿惊，我洮水八大王也。适西山青童招饮，不觉过醉，有犯尊颜，实切愧悚。』生知其妖，以其情辞殷渥，遂不畏怖。俄而设筵丰盛，促坐欢饮。八大王最豪，连举数觥。生恐其复醉，再作萦扰，伪醉求寝。八大王已喻其意，笑曰：『君得无畏我狂耶？但请勿惧。凡醉人无行，谓隔夜不复记者，欺人耳。酒徒之不德，故犯者十之九。仆虽不齿于侪偶②，顾未敢以无赖之行施之长者③，何遂见拒如此？』生乃复坐，正容而谏曰：『既自知之，何勿改行？』八大王曰：『老夫为令尹时，沉湎尤过于今日。自触帝怒，谪归岛屿，力返前辙者十余年矣。今老将就木，潦倒不能横飞，故态复作，我自不解耳。兹敬闻命矣。』倾谈间远钟已动。八大王起，捉臂曰：『相聚不久。蓄有一物，聊报厚德。此不可以久佩，如愿后，当见还也。』口中吐一小人，仅寸许，因以爪掐生臂，痛若肤裂；急以小人按捺其上，释手已入革里，甲痕尚在，而漫漫坟起，类痰核状。惊问之，笑而不答。但曰：『君宜行矣。』送生出，八大王自返。回顾村舍全渺，惟一巨鳖，蠢蠢入水而没。

错愕久之，自念所获，必鳖宝也。由此目最明，凡有珠宝之处，黄泉下皆可见，即素所不知之物，亦随口而知其名。于寝室中，掘得藏镪数百，用度颇充。后有货故宅者，生视其中有藏镪无算，遂以

重金购居之。由此与王公埒富矣，火齐木难[4]之类皆蓄焉。得一镜，背有凤纽，环水云湘妃之图，光射里余，须眉皆可数。佳人一照，则影留其中，磨之不能灭也；若改妆重照，或更一美人，则前影消矣。时肃府第三公主绝美，雅慕其名。会主游崆峒，乃往伏山中，伺其下舆，照之而归，设置案头。审视之，见美人在中，拈巾微笑，口欲言而波欲动，喜而藏之。

年余为妻所泄，闻之肃府。王怒收之，追镜去，拟斩。生大贿中贵人，使言于王曰：『王如见赦，天下之至宝，不难致也。不然，有死而已，于王诚无所益。』王欲籍[5]其家而徙之。三公主曰：『彼已窥我，十死亦不足解此玷，不如嫁之。』王不许，公主闭户不食。妃子大忧，力言于王。王乃释生囚，命中贵以意示生。生辞曰：『糟糠之妻不下堂[6]，宁死不敢承命。王如听臣自赎，倾家可也。』王怒，复逮之。妃召生妻入宫，将鸩之。既见，妻以珊瑚镜台纳妃，词意温恻。妃悦之，使参公主。公主亦悦之，订为姊妹，转使谕生。生告妻曰：『王侯之女，不可以先后论嫡庶也。』妻不听，归修聘币纳王邸，赍送者追千人。珍石宝玉之属，王家不能知其名。王大喜，释生归，以公主嫔焉。公主仍怀镜归。

生一夕独寝，梦八大王轩然入曰：『所赠之物，当见还也。佩之若久，耗人精血，损人寿命。』生诺之，即留宴饮。八大王辞曰：『自聆药石[7]，戒杯中物，已三年矣。』乃以口啮生臂，痛极而醒。视之，则核块消矣。后此遂如常人。

异史氏曰：醒则犹人，而醉则犹鳖，此酒人之大都也。顾鳖虽日习于酒狂乎，而不敢忘恩，不敢无礼于长者，鳖不过人远哉？若夫己氏则醒不如人，而醉不如鳖矣。古人有龟鉴[8]，盍以为鳖鉴乎？乃作《酒人赋》。赋曰：

『有一物焉，陶情适口；饮之则醺醺腾腾，厥名为「酒」。其名最多，为功已久：以宴嘉宾，以速父舅，以促膝而为欢，以合卺而成偶；或以为「钓诗钩」，又以为「扫愁帚」。故曲生频来，则骚客之金兰友；醉乡深处，则愁人之逋逃薮。糟丘之台既成，鸱夷之功不朽。齐臣遂能一石，学士亦称五斗。则酒固以人传，而人或以酒丑。若夫落帽之孟嘉，荷锸之伯伦，山公之倒其接羅，彭泽[9]之漉以葛巾。酣眠乎美人之侧也，或察其无心；濡首于墨汁之中也，自以为有神。井底卧乘船之士，槽边缚珥玉之臣。甚至效鳖囚而玩世，亦犹非害物而不仁。

『至如雨宵雪夜，月旦花晨，风定尘短，客旧妓新，履舄交错，兰麝香沉，细批薄抹，低唱浅斟；忽清商兮一奏，则寂若兮无人。雅谑则飞花粲齿，高吟则戛玉敲金。总陶然而大醉，亦魂清而梦真。果尔，即一朝一醉，当亦名教[10]之所不嗔。尔乃嘈杂不韵，俚词并进；坐起欢哗，呶呶成阵。涓滴忿争，势将投刃；伸颈攒眉，引杯若鸩；倾沈碎觥，拂灯灭烬。绿醑葡萄，狼藉不靳；病叶狂花，觞政所禁。如此情怀，不如弗饮。

『又有酒隔咽喉，间不盈寸；呐呐呢呢，犹讥主吝。坐不言行，饮复不任：酒客无品，于斯为甚。甚有狂药下，客气粗；努石棱，磔鬡须；袒两臂，跃双趺。尘蒙蒙兮满面，哇浪浪兮沾裾；口狺狺兮乱吠，发蓬蓬兮若奴。其吁地而呼天也，似李郎[11]之呕其肝脏；其扬手而掷足也，如苏相之裂于牛车。舌底生莲者，不能穷其状；灯前取影者，不能为之图。父母前而受忤，妻子弱而难扶。或以父执之良友，无端而受骂于灌夫。婉言以警，倍益眩瞑。

『此名「酒凶」，不可救拯。惟有一术，可以解酲。厥术维何？只须一梃。絷其手足，与斩豕等。

止困其臂，勿伤其顶；捶至百余，豁然顿醒。」

注释

①临洮：县名。因临洮水而得名。今属甘肃省。

②侪偶：同辈，同类。

③长者：年长德厚之人。

④火齐、木难：珍宝名。火齐为宝石名。左思《吴都赋》：『火齐之宝。』木难，宝珠名。崔豹《古今注·杂注》：『莫难珠，一名木准，色黄，出东夷。』

⑤籍：籍没，抄没家产。

⑥糟糠之妻不下堂：不能抛弃曾经共同患难的妻子。《后汉书·宋弘传》：『帝（光武帝）姊湖阳公主新寡，帝与共论朝臣，微观其意。主曰：「宋公威容德器，群臣莫及。」帝谓弘曰：「谚言：『贵易交，富易妻』，人情乎！」弘曰：「臣闻贫贱之知不可忘，糟糠之妻不下堂。」』

⑦药石：本指治病的药物和砭石。此处喻指劝善改过的箴言。

⑧龟鉴：龟镜。龟可以卜吉凶，镜可照见美丑，因喻借鉴之意。

⑨彭泽：指东晋著名诗人陶渊明。陶渊明字元亮，一名潜。曾仕晋，官至江州祭酒、镇军参军等职。退隐前，曾任彭泽令，后世因称其为『陶令』、『陶彭泽』。

⑩名教：以正名定分为中心的封建礼教。

⑪李郎：指唐代著名诗人李贺。

巩仙

巩道人，无名字，亦不知何里人。尝求见鲁王，阍人[①]不为通。有中贵人[②]出，揖求之，中贵见其鄙陋，逐去之；已而复来。中贵怒，且逐且扑。至无人处，道人笑出黄金二百两，烦逐者覆中贵：『为言我亦不要见王；但闻后苑花木楼台，极人间佳胜，若能导我一游，生平足矣。』又以白金赂逐者。其人喜，反命；中贵亦喜，引道人自后宰门入，诸景俱历。又从登楼上，中贵方凭窗，道人一推，但觉身堕楼外，有细葛绷腰，悬于空际；下视则高深晕目，葛隐隐作断声。惧极，大号。无何数监至，骇极。见其去地绝远，登楼共视，则葛端系根上，欲解援之，则葛细不堪用力。遍索道人，已杳矣。束手无计，奏之鲁王，王诣视大奇之，命楼下藉茅铺絮，将因而断之。甫毕，葛崩然自绝，去地乃不咫耳。相与失笑。王命访道士所在。闻馆于尚秀才家，往问之，则出游未复。既，遇于途，遂引见王。王赐宴坐，便请作剧，道士曰：『臣草野之夫，无他庸能。既承优宠，敢献女乐为大王寿。』遂探袖中出美人置地上，向王稽拜已。道士命扮『瑶池宴』本，祝王万年。女子吊场[③]数语。道士又出一人，自白『王母』。少间，董双成、许飞琼，一切仙姬次第俱出。末有织女来谒，献天衣一袭，金彩绚烂，光映一室。王意其伪，索观之，道士急言：『不可！』王不听，卒观之，果无缝之衣，非人工所能制也。道士不乐曰：『臣竭诚以奉大王，暂而假诸天孙，今则浊气所染，何以还故主乎？』王又意歌者必仙姬，思欲留其一二，细视之，则皆宫中乐伎耳。转疑此曲非所夙谙，问之，果茫然不自知。道士以衣置火烧之，然后纳诸袖中，再搜之，则已无矣。

王于是深重道士，留居府内。道士曰：『野人之性，视宫殿如藩笼，不如秀才家得自由也。』每至中夜，必还其所，时而坚留，亦遂宿止。辄于筵间，颠倒四时花木为戏。王问曰：『闻仙人亦不能忘情，果否？』对曰：『或仙人然耳；臣非仙人，故心如枯木矣。』一夜宿府中，王遣少妓往试之。入其室，数呼不应，烛之，则瞑坐榻上。摇之，目一闪即复合；再摇之，齁声作矣。推之，则遂手而倒，酣卧如雷；弹其额，逆指作铁釜声。返以白王。王使刺一针，针弗入。推之，重不可摇；加十余人举掷床下，若千斤石堕地者。旦而窥之，仍眠地上。醒而笑曰：『一场恶睡，堕床下不觉耶！』后女子辈每于其坐卧时，按之为戏，初按犹软，再按则铁石矣。

道士舍秀才家，恒中夜不归。尚锁其户，及旦启扉，道士已卧室中。初，尚与曲妓惠哥善，矢志嫁娶。惠雅善歌，弦索倾一时。鲁王闻其名，召入供奉，遂绝情好。每系念之，苦无由通。一夕问道士：『见惠哥否？』答言：『诸姬皆见，但不知其惠哥为谁。』尚述其貌，道其年，道士乃忆之。尚求转寄一语，道士笑曰：『我世外人，不能为君塞鸿。』尚哀之不已。道士展其袖曰：『必欲一见，请入此。』尚窥之中大如屋。伏身入，则光明洞彻，宽若厅堂；几案床榻，无物不有。居其内，殊无闷苦。道士入府，与王对弈。望惠哥至，阳以袍袖拂尘，惠哥已纳袖中，而他人不之睹也。尚方独坐凝想时，忽有美人自檐间堕，视之惠哥也。两相惊喜，绸缪臻至。尚曰：『今日奇缘，不可不志。请与卿联之。』书壁上曰：『侯门似海久无踪[4]。』惠续云：『谁识萧郎今又逢[5]。』尚曰：『袖里乾坤真个大。』惠曰：『离人思妇尽包容。』书甫毕，忽有五人入，八角冠，淡红衣，认之都与无素。默然不言，捉惠哥去。尚惊骇，不知所由。道士既归，呼之出，问其情事，隐讳不以尽言。道士微笑，解衣反袂示之。尚审视，隐隐

有字迹，细裁如帆[6]，盖即所题句也。后十数日，又求一入。前后凡三入。惠哥谓尚曰：『腹中震动，妾甚忧之，常以紧帛束腰际。府中耳目较多，倘一朝临蓐，何处可容儿啼？烦与巩仙谋，见妾三叉腰时，便一拯救。』尚诺之。归见道士，伏地不起。道士曳之曰：『所言，予已了了。但请勿忧。君宗祧赖此一线，何敢不竭绵薄。但自此不必复入。我所以报君者，原不在情私也。』后数月，道士自外入，笑曰：『携得公子至矣。可速把襁褓来！』尚妻最贤，年近三十，数胎而存一子；适生女，盈月而殇。闻尚言，惊喜自出。道士探袖出婴儿，酣然若寐，脐梗犹未断也。尚妻接抱，始呱呱而泣。

道士解衣曰：『产血溅衣，道家最忌。今为君故，二十年故物，一旦弃之。』尚为易衣。道士嘱曰：『旧物勿弃却，烧钱许，可疗难产，堕死胎。』尚从其言。居之又久，忽告尚曰：『所藏旧衲，当留少许自用，我死后亦勿忘也。』尚谓其言不祥。道士不言而去，入见王曰：『臣欲死！』王惊问之，曰：『此有定数，亦复何言。』王不信，强留之；手谈[7]一局急起，王又止之。请就外舍，从之。道士趋卧，视之已死。王具棺木，以礼葬之。尚临哭尽哀，始悟曩言盖先告之也。遗衲用催生，应如响，求者踵接于门。始犹以污袖与之；既而剪领衿，罔不效。及闻所嘱，疑妻必有产厄，断血布如掌，珍藏之。会鲁王有爱妃临盆，三日不下，医穷于术，或有以尚生告者，立召入，一剂而产。王大喜，赠白金、彩缎良厚，尚悉辞不受。王问所欲，曰：『臣不敢言。』再请之，顿首曰：『如推天惠，但赐旧妓惠哥足矣。』王召之来，问其年，曰：『妾十八入府，今十四年矣。』王以其齿加长，命遍呼群妓，任尚自择，尚一无所好。王笑曰：『痴哉书生！十年前定婚嫁耶？』尚以实对。乃盛备舆马，仍以所辞彩缎为惠哥作妆，送之出。惠所生子，名之秀生。秀者，袖也。是时年十一矣。日念仙人之恩，清明则上其墓。有久客川中者，逢道人于途，出书一卷曰：『此府中物，来时仓猝，未暇璧返，烦寄去。』客归，闻道人已死，不敢达王，尚代奏之。王展视，果道士所借。疑之，发其冢，空棺耳。后尚子少殇，赖秀生承继，益服巩之先知云。

异史氏曰：袖里乾坤，古人之寓言耳，岂真有之耶？抑何其奇也！中有天地、有日月，可以娶妻生子，而又无催科之苦，人事之烦，则袖中虮虱，何殊桃源鸡犬哉！设容人常住，老于是乡可耳。

注释

①阍人：守门人。

②中贵人：宦官的别称。宦官在宫中擅宠专幸，故称。

③吊场：传统戏剧中在场上其他角色都没有上场的时候，先由一两个次要人物上场，介绍剧情，以帮助观众了解。

④侯门似海久无踪：意谓惠哥一入鲁王府就不见踪影。《云溪友议》载：唐代诗人崔郊与其姑妈的婢女相恋，后来这位婢女被主人所卖。寒食节时崔郊与她偶然相遇，赠诗云：『公子王孙逐后尘，绿珠垂泪滴罗巾。侯门一入深如海，从此萧郎是路人。』

⑤谁识萧郎今又逢：意谓想不到又遇见了尚秀才。萧郎，旧时女子对所爱恋的男子的称呼。

⑥虮：虱子的卵。

⑦手谈：对弈，下围棋。古人称下围棋为『坐隐』或『手谈』。

二商

莒人商姓者，兄富而弟贫，邻垣而居。康熙间，岁大凶，弟朝夕不自给。一日，日向午，尚未举火，枵腹蹀踱，无以为计。妻令往告兄，商曰：『无益。脱兄怜我贫也，当早有以处此矣。』妻固强之，商便使其子往。少顷空手而返。商曰：『何如哉！』妻详问阿伯云何，子曰：『伯踌躇目视伯母，伯母告我曰：「兄弟析居，有饭各食，谁复能相顾也。」』夫妻无言，暂以残盎败榻，少易糠秕而生。

里中三四恶少，窥大商饶足，夜逾坦入。夫妻警寤，鸣盥器而号。邻人共嫉之，无援者。不得已疾呼二商，商闻嫂鸣欲趋救，妻止之，大声对嫂曰：『兄弟析居，有祸各受，谁复能相顾也！』俄盗破扉，执大商及妇炮烙之，呼声綦惨。二商曰：『彼固无情，焉有坐视兄死而不救者！』率子越垣，大声疾呼。二商父子故武勇，人所畏惧，又恐惊致他援，盗乃去。视兄嫂两股焦灼，扶榻上，招集婢仆，乃归。大商虽被创，而金帛无所亡失，谓妻曰：『今所遗留，悉出弟赐，宜分给之。』妻曰：『汝有好兄弟，不受此苦矣！』商乃不言。二商家绝食，谓兄必有一报，久之寂不闻。妇不能待，使子捉囊往从贷，得斗粟而返。妇怒其少欲反之，二商止之。逾两月，贫馁愈不可支。二商曰：『今无术可以谋生，不如鬻宅于兄。兄恐我他去，或不受券而恤焉，未可知；纵或不然，得十余金，亦可存活。』妻以为然，遣子操券诣大商。大商告之妇，且曰：『弟即不仁，我手足也。彼去则我孤立，不如反其券而周之。』妻曰：『不然，彼言去，挟我也；果尔，则适堕其谋。世间无兄弟者，便都死却耶？我高葺墙垣，亦足自固。不如受其券，从所适，亦可以广吾宅。』计定，令二商押署券尾，付直而去。二商于是徙居邻村。

乡中不逞之徒，闻二商去，又攻之。复执大商，榜楚并兼，梏毒①惨至，所有金资，悉以赎命。

盗临去，开廪呼村中贫者，恣所取，顷刻都尽。次日二商始闻，及奔视，则兄已昏愦不能语，开目见弟，但以手抓床席而已。少顷遂死。二商忿诉邑宰。盗首逃窜，莫可缉获。盗粟者百余人，皆里中贫民，州守亦莫如何。大商遗幼子，才五岁，家既贫，往往自投叔所，数日不归；送之归，则啼不止。二商妇颇不加青眼。二商曰：『渠父不义，其子何罪？』因市蒸饼数枚，自送之。过数日，又避妻子，阴负斗粟于嫂，使养儿。如此以为常。又数年，大商卖其田宅，母得直足自给，二商乃不复至。后岁大饥，道馑相望，二商食指益繁，不能他顾。侄年十五，荏弱不能操业，使携篮从兄货胡饼[2]。一夜梦兄至，颜色惨戚曰：『余惑于妇言，遂失手足之义。弟不念前嫌，增我汗羞。所卖故宅，今尚空闲，宜僦居之。屋后篷颗下，藏有窖金，发之可以小阜。使丑儿相从，长舌妇余甚恨之，勿顾也。』既醒，异之。以重直啖第主，始得就，果发得五百金。从此弃贱业，使兄弟设肆廛间。侄颇慧，记算无讹，又诚悫[3]，凡出入一锱铢必告。二商益爱之。一日泣为母请粟，商妻欲勿与，二商念其孝，按月廪给之。数年家益富。大商妇病死，二商亦老，乃析侄，家资割半与之。异史氏曰：闻大商一介不轻取与，亦狷洁自好者也。然妇言是听，愦愦不置一词，恝情骨肉[4]，卒以吝死。呜呼！亦何怪哉！二商以贫始，以素封终。为人何所长？但不甚遵阃教[5]耳。呜呼！一行不同，而人品遂异。

注释

①梏毒：用酷刑折磨。梏，古时木制的手铐，此处指捆绑。毒，伤害，折磨。

②胡饼：芝麻烧饼。胡，胡麻，即芝麻。相传烧饼的制作方法由胡地传入，故称。

③悫：忠厚。

④恝情骨肉：对亲兄弟也漠不关心。恝，感情冷漠、无动于衷。

⑤阃教：女人的指令。阃，阃闱，妇女所居的内室，借指妇人、妻子。

梅女

封云亭，太行人。偶至郡，昼卧寓屋。时年少丧偶，岑寂之下，颇有所思。凝视间，见墙上有女子影依稀如画，念必意想所致，而久之不动，亦不灭，异之。起视转真；再近之，俨然少女，容蹙舌伸，索环秀领，惊顾未已，冉冉欲下。知为缢鬼，然以白昼壮胆，不大畏怯。语曰：『娘子如有奇冤，小生可以极力。』影居然下，曰：『萍水之人①，何敢遽以重务浼君子。但泉下槁骸，舌不得缩，索不得除，求断屋梁而焚之，恩同山岳矣。』诺之，遂灭。呼主人来，问所见状，主人言：『此十年前梅氏故宅，夜有小偷入室，为梅所执，送诣典史②。典史受盗钱五百，诬其女与通，将拘审验，女闻自经。后梅夫妻相继卒，宅归于余。客往往见怪异，而无术可以靖之。』封以鬼言告主人。计毁舍易楹，费不赀，故难之，封乃协力助作。

既就而复居之。梅女夜至，展谢已，喜气充溢，姿态嫣然。封爱悦之，欲与为欢。瞒然③而惭曰：『阴惨之气，非但不为君利，若此之为，则生前之垢，西江不可濯矣。会合有时，今日尚未。』问：『何时？』但笑不言。封问：『饮乎？』答曰：『不饮。』封曰：『对佳人闷眼相看，亦复何味？』女曰：『妾生平戏技，惟谙打马④。但两人寥落，夜深又苦无局。今长夜莫遣，聊与君为交线之戏。』封从之，促膝戟指，翻变良久，封迷乱不知所从，女辄口道而颐指之，愈出愈幻，不穷于术。封笑曰：『此闺房之绝技。』女曰：

『此妾自悟，但有双线，即可成文，人自不之察耳。』更阑颇怠，强使就寝，曰：『我阴人不寐，请自休。妾少解按摩之术，愿尽技能，以侑清梦。』封从其请。女叠掌为之轻按，自顶及踵皆遍；手所经，骨若醉。既而握指细擂，如以团絮相触状，体畅舒不可言：擂至腰，口目皆慵；至股，则沉沉睡去矣。

及醒，日已向午，觉骨节轻和，殊于往日。心益爱慕，绕屋而呼之，并无响应。日夕女始至，封曰：『卿居何所，使我呼欲遍？』曰：『鬼无所，要在地下。』问：『地下有隙可容身乎？』曰：『鬼不见地，犹鱼不见水也。』封握腕曰：『使卿而活，当破产购致之。』女笑曰：『无须破产。』戏至半夜，封苦逼之。女曰：『君勿缠我。有浙娼爱卿者，新寓北邻，颇极风致。明夕招与俱来，聊以自代，若何？』封允之。次夕，果与一少妇同至，年近三十已来，眉目流转，隐含荡意。三人狎坐，打马为戏。局终，女起曰：『嘉会方殷，我且去。』封欲挽之，飘然已逝。两人登榻，于飞甚乐。诘其家世，则含糊不以尽道，但曰：『郎如爱妾，当以指弹北壁，微呼曰：「壶卢子」，即至。三呼不应，可知不暇，勿更招也。』天晓，入北壁隙中而去。次日女来，封问爱卿，女曰：『被高公子招去侑酒，以故不得来。』因而剪烛共话。女每欲有所言，吻已启而辄止；固诘之，终不肯言，欷嘘而已。封强与作戏，四漏始去。自此二女频来，笑声彻宵旦，因而城社悉闻。

典史某，亦浙之世族，嫡室以私仆被黜。继娶顾氏，深相爱好，期月夭殂，心甚悼之。闻封有灵鬼，欲以问冥世之缘，遂跨马造封。封初不肯承，某力求不已。封设筵与坐，诺为招鬼妓。日及曛，叩壁而呼，三声未已，爱卿即入。举头见客，色变欲走；封以身横阻之。某审视，大怒，投以巨碗，溘然而灭。封大惊，不解其故，方将致诘。俄暗室中一老妪出，大骂曰：『贪鄙贼！坏我家钱树子！三十贯索要偿也！』以杖击某，中颅。某抱首而哀曰：『此顾氏，我妻也！少年而殒，方切哀痛，不图为鬼不贞。于姥乎何与？』妪怒曰：『汝本浙江一无赖贼，买得条乌角带，鼻骨倒竖矣！汝居官有何黑白？袖有三百钱便而翁也！神怒人怨，死期已迫。汝父母代哀冥司，愿以爱媳入青楼⑤，代汝偿贪债，不知耶？』言已又击，某宛转哀鸣。方惊诧无从救解，旋见梅女自房中出，张目吐舌，颜色变异，近以长簪刺其耳。封惊极，以身障客。女愤不已，封劝曰：『某即有罪，倘死于寓所，则咎在小生。请少存投鼠之忌。』女乃曳妪曰：『暂假余息，为我顾封郎也。』某张皇鼠窜而去。至署患脑痛，中夜遂毙。

次夜，女出笑曰：『痛快！恶气出矣！』问：『何仇怨？』女曰：『曩已言之：受贿诬奸，衔恨已久。每欲浼君一为昭雪，自愧无纤毫之德，故将言而辄止。适闻纷拏，窃以伺听，不意其仇人也。』封讶曰：『此即诬卿者耶？』曰：『彼典史于此十有八年，妾冤殁十六寒暑矣。』问：『妪为谁？』曰：『老娼也。』又问爱卿，曰：『卧病耳。』因輾然曰：『妾昔谓会合有期，今真不远矣。君尝愿破家相赎，犹记否？』封曰：『今日犹此心也。』女曰：『实告君：妾殁日，已投生延安展孝廉家。徒以大怨未伸，故迁延于是。请以新帛作鬼囊，俾妾得附君以往，就展氏求婚，计必允谐。』封虑势分悬殊，恐将不遂。女曰：『但去无忧。』封从其言。女嘱曰：『途中慎勿相唤；待合卺之夕，以囊挂新人首，急呼曰：「勿忘勿忘！」』封诺之。才启囊，女跳身已入。携至延安，访之，果有展孝廉，生一女，貌极端好，但病痴，又常以舌出唇外，类犬喘日。年十六岁无问名者，父母忧念成痗。封到门投刺，具通族阀。既退，托媒。展喜，赘封于家。女痴绝，不知为礼，使两婢扶曳归所。群婢既去，女解衿露乳，对封憨笑。封覆囊呼之，女停眸审顾，似有疑思。封笑曰：『卿不识小生耶？』举之囊而示之。女乃悟，急掩衿，喜共

燕笑。诘旦，封入谒岳。展慰之曰：『痴女无知，既承青眷，君倘有意，家中慧婢不乏，仆不靳相赠。』封力辨其不痴，展疑之。无何女至，举止皆佳，因大惊异。女但掩口微笑。展细诘之，女进退而惭于言，封为略述梗概。展大喜，爱悦逾于平时。使子大成与婿同学，供给丰备。年余，大成渐厌薄之，因而郎舅不相能，厮仆亦刻疵其短。展惑于浸润，礼稍懈。女觉之，谓封曰：『岳家不可久居；凡久居者，尽阘茸也。及今未大决裂，宜速归！』封然之，告展。展欲留女，女不可。父兄尽怒，不给舆马，女自出妆资贳马归。后展招令归宁，女固辞不往。后封举孝廉，始通庆好。异史氏曰：官卑者愈贪，其常情然乎？三百诬奸，夜气之牿亡尽矣。夺嘉偶，入青楼，卒用暴死。吁！可畏哉！康熙甲子，贝丘典史最贪诈，民咸怨之。忽其妻被狡者诱与偕亡。或代悬招状云：『某官因自己不慎，走失夫人一名。身无余物，止有红绫七尺，包裹元宝一枚，翘边细纹，并无阙坏。』亦风流之小报。

注释

①萍水之人：偶然相逢的人。浮萍随水漂泊，故用此比喻偶然相遇。

②典史：官名。清代为知县的属官，掌管缉捕、狱囚等事，亦称县尉。

③瞒然：惭愧的样子。《庄子·天地》：『子贡瞒然惭，俯而不对。』

④打马：打双陆，为古时闺中流行的类似棋类的一种游戏。双陆的棋子称马，宋李清照《打马图经·打马赋》：『独采选、打马，特为闺房雅戏。』

⑤青楼：妓院的别称。南朝刘邈《万山见采桑人》诗：『倡妾不胜愁，结束下青楼。』